よろず占い処　陰陽屋の恋のろい

天野頌子

ポプラ文庫ピュアフル

JN266617

もくじ

よろず占い処　陰陽屋の恋のろい

第一話

ガールズ・ウォーズ　夏の陣

一

夏休みまであと一週間ほどとなった七月中旬の午後三時すぎ。

都立飛鳥《あすか》高校は、学校中がうきうきそわそわした空気につつまれていた。ところが、なぜか一年二組の教室では、三十代男性の声がむなしくひびきわたっている。

「沢崎《さわざき》君！　起きてください、沢崎君！」

肩をぐいぐいゆさぶられて、沢崎瞬太《しゅんた》は深い眠りからよびさまされた。茶褐色の髪にはすっかり寝癖がつき、制服の白いシャツと紺に緑のストライプが入ったネクタイはしわでよれよれになっている。

「う……？」

机につっぷしていた顔をあげ、重いまぶたを少しだけもちあげると、クラス担任の只野《ただの》先生の白衣が目にはいった。背後の窓にはまぶしい夏空と、灰色の積乱雲がひろがっている。

「えーと、今は、理科の時間……？」

「もう午後のホームルームも終わりましたよ」

只野は苦悩に満ちた顔で言った。

「あれ、いつのまに。バイト行かなきゃ」

言われてみれば、教室の中の人かげはすでにまばらになっている。例によってすっかり熟睡していたようだ。瞬太は口の端についたよだれをぬぐう。

「帰るまえに、職員室によってください」

「え、なんで？」

「話があるからです。必ず来てください。いいですね」

「はーい」

瞬太は六時間目からずっと机の上にだしっぱなしのノートや教科書をしまうと、うーん、と大きくのびをした。授業中に先生の声を聞くと自然によく眠れるから不思議である。まさに最高の子守歌だ。

「職員室に呼びだされるなんて、何かあったの？」

委員長こと高坂史尋《こうさかふみひろ》が瞬太に声をかけてきた。眼鏡《めがね》の奥の賢そうな瞳には、心配と好奇心が半分ずつまじっている。高坂は瞬太の頼りになる友人であると同時に、新聞同好会の会長でもあるのだ。

「何かやらかしたのなら正直に言えよ。一緒に謝ってやるからさ」

瞬太の肩をぽんぽんとたたいたのは江本直希《えもとなおき》だった。そばかすのういた顔にいたずらっぽい笑みをうかべている。

「むかつくこと言われても、とりあえず謝っとけ。長いものには巻かれろってやつだ」

岡島航平《おかじまこうへい》は見た目も言うこともおっさんくさい。

「あー、いやいや、夏休みまえの恒例行事だから。みんなが期待してるようなことじゃないよ」

瞬太は照れ笑いをうかべると、そそくさと教室を後にする。

職員室では、只野が深刻な表情で待っていた。

「沢崎君、期末テストの結果が出そろったのですが……」

予想通りである。中学でも、定期テストの一週間後には必ず職員室に呼びだされたものだ。

「ちょっとは勉強したんですか？」

「したよ！　その証拠に、理科が四三点から五〇点にあがってるし」

「どちらも赤点ですよ……」

只野は頭をかかえる。

「先生、人には向き不向きとか、得意不得意っていうものがあるんだよ」

「理科が苦手だと言いたいのですか？　他の科目もまんべんなく赤点ですが」

「だから、おれ、勉強が向いてないいんだよね」

「沢崎君……」

「でも体育は得意だよ！　体育の授業は眠くならないし。っていうか、ずっと身体《からだ》を動かしてなきゃいけないから眠れないだけなんだけど」

つまり他の授業では、常に熟睡しているのである。

瞬太の爆弾発言に、職員室のそこここから一斉にため息がもれた。只野も机の上にひじをつき、両手の人差し指で鼻をはさんで、しみじみとため息をつく。

「いくら体質とはいえ限度というものがありますよ、沢崎君……。とにかく夏休み中の補習は確定です。そのつもりで」

「はーい」

瞬太は明るく答えた。

二

瞬太のアルバイト先は、東京都北区《きた》王子《おうじ》にある陰陽屋《おんみようや》という店である。その名の通り、陰陽師《おんみようじ》が占いや祈禱《きとう》をおこなう店なのだが、瞬太は主に掃除とお茶くみ担当だ。

今日も瞬太の最初の仕事は、店の前の掃除だった。童水干《わらべすいかん》という牛若丸《うしわかまる》のような少年用の和服を着て、軽快にほうきを動かす。足は膝丈なので比較的涼しいのだが、上が長袖なので、あっという間に額から汗がふきだしてくる。

長袖もなんだけど、やっぱりこの毛皮がなぁ……

瞬太は自分の尻尾《しっぽ》をうらめしそうにながめた。

キツネの尻尾は、犬よりはるかに長くてふさふさしている。冬場は暖かくていいのだが、夏場は自分でも暑苦しい。

それから三角の耳だ。こちらも、裏表ともに毛がびっしりはえている。

「なぁ祥明《しようめい》」

瞬太は狭い階段をおりて、黒い鉄のドアをあけた。古いビルの地下一階にある陰陽屋には窓がなく、明かりも蠟燭《ろうそく》と提灯《ちょうちん》だけなので、日中もかなり暗い。狭い店内には祈禱に使う小さな祭壇や、占いの道具、陰陽道《おんようどう》に関する古い書物や売り物の護符などが並べられている。

「やっぱりこの格好でおもての掃除は無理だよ。人間の格好にもどっていい？」

「だめだ。キツネの式神《しきがみ》がいるというのが、うちの店の大事なセールスポイントなんだから。ただの頭の悪い男子高校生なんか雇っても意味がないだろう？」

陰陽屋の店主、安倍《あべ》祥明は冷房のきいた店内で優雅にくつろぎながら、すました顔で答えた。

つややかな長い黒髪、白い狩衣《かりぎぬ》に藍青《らんせい》色の指貫《さしぬき》、浅葱《あさぎ》に銀の模様のはいった扇。眼鏡さえかけていなければ、漫画や映画にでてくる陰陽師そのものである。

「どうせお客さんはおれのことを妖狐《ようこ》のコスプレだって思ってるんだから、たまには人間の格好でもいいと思うんだけどな」

客は皆、瞬太のことを、つけ耳とつけ尻尾のコスプレ少年だと信じており、本物の化けギツネだとは夢にも思っていないのだ。

「そうだ、フェネックギツネをお手本に、身体を小さくして、耳を大きくしてみたらどうだ？　放熱効率がいいらしい」

「へー、フェネックって砂漠に住んでる狐だっけ。すごいな。早速おれも……って、そんな一瞬で進化できるわけないだろ。じゃあせめて着物の袖《そで》を切ってもいい？　袖無しにしたらかなり涼しくなるよね？」

「秋になったら寒さに震えることになるぞ。新しい着物を買う金なんかないからな」

「うう……」

瞬太が悲しそうに尻尾を下にたらしていると、ためらいがちに階段をおりる靴音が聞こえてきた。

「お客さんだ！」

急いで黄色い提灯をとりに走る。客を出迎えて店内に案内するのも瞬太の仕事の一つなのだ。

「いらっしゃい」

黒いドアをあけて出迎えると、そこに立っているのは同じ一年二組の女子だった。背の高い、きれいな娘《こ》だ。学校帰りなのか、飛鳥高校の夏服のままで、長めの髪を右耳の下でくくり、明るいオレンジのシュシュをつけている。名前はたしか、島田英莉果《しまだえりか》。

「あれ、えーと、島田？」

島田はさっと周囲を確認すると、大急ぎで黒いドアを閉めた。

「沢崎が陰陽師のお店でバイトしてるって聞いて、来てみたの。でもあたしが来たってことは、クラスのみんなには絶対内緒だからね！」

島田は必死の形相《ぎょうそう》である。おそらく恋占いが目的なのだろうが、正直言って怖い。

「わ、わかった。中へどうぞ」

瞬太は提灯を前にかかげて、店内を照らした。

「いらっしゃいませ、陰陽屋へようこそ」

祥明が島田の前まで進みでて、にっこりと微笑《ほほえ》む。さきほどまでのだらだらしていた姿からは想像もつかない。

「本日はどのようなご用でしょう？　恋占いですか？」

「違います。今度の文化祭のお芝居、あたしがヒロイン役をとれるかどうか占ってほしいんです」

「お嬢さんは演劇部ですか？」

「いえ、クラスの企画で、お芝居をやるんです」

「へー、そうなんだ」

瞬太が言うと、島田はいぶかしげに眉をひそめた。

「何で沢崎が知らないの？　このまえのホームルームで『タイタニック』に決まったじゃない」

「あー、おれ、いつも寝てるから」

「ああ、そっか。次のホームルームで配役を決めるのよ」

「早いんだね」

「文化祭は九月の中旬だから、夏休み中から練習しとかないと間に合わないでしょ？　だから配役は夏休みまえに決めとこうってことになったのよ」

「それで島田はヒロインを狙ってるの？」

「まあね」

うなずく島田の顔はかすかに緊張している。

「わかりました。そちらの椅子におかけください」

祥明は自分も奥のテーブルにつくと、瞬太に水盆占いの支度をするように言った。

瞬太は休憩室に行って銀色の丸盆に水をそそぐと、こぼさないように気をつけながら運んで、テーブルの上にそっと置く。

水盆の内側にはられたガラスには八角形の陣が刻まれており、蠟燭の光でゆらゆらと輝いている。

「では目を閉じて」

しばらくすると、水の中に、ぽつぽつと泡がたちはじめる。

「この弱々しい泡のたちかた……今のところ見通しは厳しいですね。あなたがヒロイン役を勝ちとれる可能性は四割程度でしょうか。あとはライバル次第です」

「ライバル……」

島田は目をあけて、まばらな泡を自分の目で確認すると、きゅっと眉根をよせた。

実はこの水盆にはってあるのは普通の水ではなく、化学の実験で使う何とか水溶液なのである。そこに祥明がこっそり銀色のアルミニウムの小さなかけらをふりそそいで、水に泡をたたせているのだが、お盆そのものが銀色で、しかも店内が薄暗いため、気がつく客はまずいない。

これって詐欺なんじゃないのか、と、瞬太は思わないでもないのだが、祥明に言わせると、演出なのだそうである。

「強敵が出現するかもしれません」

祥明がまことしやかに告げた言葉に、島田は顔をこわばらせる。

「……陰陽師って……人を呪《のろ》って病気にすることもできるんですよね……？」

島田が小声で尋ねると、祥明は眉を片方つりあげた。

「呪詛《じゅそ》ですか」

「おいおい島田、まさかライバルに呪いをかけるつもりなのか!?」

ふかふかの尻尾がぴょんとはねあがる。

「冗談に決まってるでしょ。まさか本気にしたの？」

ばかにしたような目で瞬太を一瞥《いちべつ》すると、さっと立ちあがった。

「占いありがとうございました。おいくらですか？　あ、せっかく来たんだから、願いごとがかなうお守りとかあれば欲しいんですけど」

「ちょうど良い霊符がありますよ」

「じゃあそれをお願いします」

そそくさと立ち去る島田を階段の上まで見送ると、瞬太は、ふう、と、息を吐いた。

「本当に呪ってくれとか言いだすのかと思ってびっくりしたぜ」

「あれは本気の声だったな」

「でもさ、人を呪うなんて、うちの店のお品書きにはないよな？」

陰陽屋は店の前にお品書きの黒い看板をだしているが、そこには、各種占い（恋愛、縁談、商売、引っ越し、失せ物《うせもの》、捜し人）、加持《かじ》祈禱、命名相談、霊障相談、護符販売などの文字が並んでいる。間違っても呪いや呪いグッズ販売は書かれていない。

「よく陰陽師もののドラマや映画では呪詛や呪詛返しがでてくるから、それで知ってたんだろう」

「それはドラマや映画の中だけのことじゃないの？」

「平安時代の陰陽師は、呪い殺したい相手に式神を送ったり、呪いの道具を地中に埋めておくなんて方法で呪詛をおこなっていたらしい。もちろん失敗したら自分にはね返ってくる」

「うへぇ。おまえもやったことあるのか？」

「まさか、本で読んだだけだ。そんなすごいパワーがあったら、どこぞの要人のおかかえ陰陽師にでもなってるさ。女子高生相手に占いなんかしてるより、はるかに楽して儲《もう》かりそうだ」

祥明は優雅に扇をひろげて、肩をすくめる。

「おまえなら本当に呪詛を商売にしちゃいそうで怖いぜ」

瞬太が顔をしかめた時、階段をおりてくる靴音が聞こえてきた。今度は何の迷いもない、力強い足取りだ。

「いらっしゃいませ。……あれ？」

瞬太が提灯を片手に店の入り口までかけつけると、またしても高校の同級生だった。背はやや低めで、ふっくらした頬《ほお》にかわいいえくぼがうかぶ成海真穂《なるみまほ》だ。

「いやーん、沢崎君、かわいい！　キツネ耳めっちゃ似合うね！」

成海は興味津々といった様子で、薄暗い店内を見回している。成海も陰陽屋へ来たのは初めてなのだ。

「ありがとう。ところで今日は占いでいいのかな？」

「んー、あのね」

成海は頬に人差し指をあて、上目づかいで瞬太の目をのぞきこむ。

「わら人形って、効き目あるのかな?」

「な、成海、おまえまさか、島田を……!?」

一瞬の間をおいてから、成海はプッとふきだして、首を横にふった。

「やだ、沢崎君、なんであたしが島田さんを呪うの? お守りがわりに持ってるといいって、このまえ誰かが言ってたから本当かなって思っただけだよ」

成海はちろりと舌をだすと、下唇をなめる。

「なんだお守りか。てっきり文化祭のヒロインでも狙ってるのかと思った」

「島田さん、有力候補だもんねぇ。でもあたしは関係ないから」

成海はにこにこ笑っているように見せて、まったく目が笑っていない。それに何となく、声に棘《とげ》が感じられる。

怖い……。

「お守りでしたら、良い霊符がありますよ」

祥明が成海に声をかけた。

「あっ、この人が有名な陰陽師さん? 噂《うわさ》通りすっごく格好良いね!」

「それはどうも」

祥明はにっこりと営業スマイルをうかべる。

「恋愛成就、大願成就、健康祈願、商売繁盛といろんな霊符がありますが、どれにしましょうか？」

「んー、成績アップ効果をねらって、普通に大願成就あたりでいいかな」

「かしこまりました」

またも霊符を売りつけて帰す祥明。

「期末試験が終わってから成績アップを祈願するって、ちょっと妙だよな。おれみたいに職員室に呼びだされたのなら別だけど」

遠ざかっていく成海の後ろ姿を見送りながら、瞬太は首をかしげた。

「もしかして全科目赤点だったのか⁉」

「うん。夏休みは補習だって言われた」

へへっ、と、瞬太は笑うが、祥明はげんなりした表情である。

「またうちの店でバイトをしているせいにされたらかなわないから、せめて補習はちゃんと行けよ。それにしても、わら人形がお守りがわりになるなんて話は聞いたことないぞ。身がわりの紙人形ならまだしも」

「ってことは、やっぱり、成海もヒロイン役がほしくて、島田を呪うつもりなのかな……？」

「あの反応は明らかにそうだろう。しかし、たて続けに呪いの依頼がくるとはおだやかじゃないな。おまえのクラスはいったいどうなってるんだ？」

「さあ……とにかく大変なことになってることは間違いないみたいだな……」

瞬太は三角の耳の裏側をかきながら、首をひねった。

三

夜になっても、東京の七月は蒸し暑い。

瞬太がじっとりと汗ばんだ額をぬぐいながら家の前まで帰り着くと、秋田犬のジロが尻尾をふって出迎えてくれた。沢崎邸は二階建ての一軒家で、かなり狭いが一応庭つきなのだ。母のみどりが植えたゆりの花が、甘い芳香をただよわせている。

「ただいま」

玄関のドアをあけると、台所から肉じゃがと野菜炒めとご飯と味噌汁の匂いが一気においよせてきた。

「おかえり」

エプロンをつけた父の吾郎《ごろう》が、台所から顔をだす。

「ん、この野菜炒め、いつもと匂いが違う」

「さすが瞬太、気づいてくれたか。今日は珍しくヒマラヤの岩塩が特売だったから買ってみたんだ。ミネラルが豊富で味がまろやかからしいぞ」

「へー」

勤め先が倒産して、去年の秋に主夫デビューした吾郎だが、最近ではすっかりレベルアップして、食材を吟味する余裕までできたらしい。

「おかえり瞬太。あら良い匂い。顔洗ってくるわね」

みどりはまだパジャマ姿だ。看護師という職業柄しばしば夜勤があり、この時間に起きてくることも珍しくない。

瞬太がTシャツに着替えると、三人で食卓をかこむ。

「今日は学校どうだった？」

「別にいつも通りかな。あ、期末テストが悪かったから夏休みは補習だって言われた。

どうせ旅行の予定とかないし、いいよね？」

瞬太は肉じゃがを頬張りながら答える。

「あらまあ、今年もなの？」

みどりは軽くため息をついた。

「高校って留年もあるんでしょ？　無事に二年生になれるのかしら」

「午後は父さん時間あるから、夏休みの間、一緒に勉強してみるか？」

「え、いいよ、おれ昼間は起きてられないし」

「じゃあ夜でもいいぞ？」

「えー、バイトの後で勉強なんて、それはそれで疲れて寝ちゃいそうだから無理。それに、ほら、父さんには家計のためにもガンプラ作ってもらわないと」

「うーん、たしかにガンプラは夜作るのが一番落ち着くんだが」

吾郎は趣味と実益をかねて、夜な夜なガンプラを作っているのである。ただ組み立てるだけでなく、丹念に塗装をほどこしたり、ポーズを決めたりするので時間がかかるのだが、完成品はマニアたちが高額でひきとってくれるのだ。最近では丁寧な仕事ぶりが評判をよび、オーダーもはいっているらしい。

「あっ、そうそう、今度九月に文化祭があるんだけどさ、うちのクラスはお芝居をやることになったんだって」

「あら、楽しそうじゃない。瞬太もでるの？」

「それはないと思う。おれ、セリフとか覚えられないし」

「じゃあセリフのない役でだしてもらえば？　木とか岩とか」

「母さん、それはつまらないだろう」

「女子たちはヒロイン役をめぐって大変らしいよ。詳しいことはよくわからないんだけど、今日も陰陽屋に……ん？」

そういえば内緒にしといてって島田が言っていたような気がする。いや、クラスのみんなには内緒って言ってたから、両親には話してもいいはずだ。

「陰陽屋にお守りを買いに来た娘《こ》が二人もいたんだけど、なんだか両方とも必死っぽかった。どんなことをしても役を勝ちとりたいみたいな勢いでさ」

成海は口先では成績アップなんて言ってたけど、どう見てもヒロイン狙いだったので、ひとくくりにまとめてしまった。

「ヒロインになれるかどうかなんて、祥明に占ってもらうくらいなら、王子《おうじ》稲荷《いなり》で願い石でも持ちあげてみればいいんだよな。あっちは無料《ただ》なんだし」

王子稲荷には、軽々と持ちあがる時は願いがかなうといういわれのある不思議な石があるのだ。

「うーん、あの石って、だめな時は一ミリも持ちあがらないから、かなりへこむのよねぇ」

みどりは苦笑いをうかべた。どうやら経験があるらしい。

「ところでその娘たち、もしかして、ライバルを呪ってほしいって言ってなかった？」

「はっきりとは言わなかったけど、そんな雰囲気はあったかも……。でもどうして母さん、そんなことわかるの？」

「やっぱりね。昨夜テレビで、本当にあった恐怖体験の二時間スペシャルをやってたんだけど、呪い特集だったのよ。こういう番組を見ると、夏だなーって実感するわね」

みどりの目がキラリと光る。オカルト系のテレビ番組や本が大好きなのだ。逆に、恐怖ものが苦手な吾郎は顔をひきつらせている。

「ひょっとして、その特番にわら人形もでてた？」

「もちろん。基本中の基本だもん。瞬太も見る？　ばっちり録画してあるわよ。丑《うし》の刻《こく》参りからブードゥー人形までいろいろな呪い方があってすごく怖いの」

「えー、いや、おれはいいよ」

瞬太は首をすくめた。

「そうなの？　でも二人とも必死だったんでしょ？」

「うん。ちょっと怖いくらいだった」

「お守りを買ったくらいでひきさがるかしらねぇ」

ふふふ、と、みどりは楽しそうに笑う。

二人の話を聞いていた吾郎は、むう、と、うなった。

「瞬太、男としておまえに重要な忠告がある。よく聞きなさい」

「なに？」

「女子の争いには巻き込まれないよう、くれぐれも気をつけるんだぞ。大変なことになるからな」

吾郎の真剣な表情に、瞬太はごくりと息をのむ。

「そうなんだ……気をつけるよ」

失礼ね、と、みどりはあきれているが、瞬太は神妙な面持《おもも》ちでうなずいた。

四

翌日の昼休み。

飛鳥高校には食堂があり、昼休みになると同時にほぼ満席になる。にぎやかなおしゃべりの声と、おいしそうな料理の匂い。

いつものように父の手作り弁当をひろげながら、瞬太は高坂に尋ねた。

「あのさ、ちょっと聞きたいことがあるんだけど。うちのクラスって文化祭はお芝居をやることになったんだよね？」

「ああ、『タイタニック』に決まったんだよ」

高坂は冷やし中華、岡島と江本は焼き肉とサラダの定食である。

「誰がどの役をやるかはどうやって決めるの？」

「次のロングホームルームで自薦他薦をつのって投票するんだけど、主人公の青年だけは倉橋《くらはし》さんに決まってるよ」

「ふーん」

「だから相手役をめぐって女子たちは大騒動さ。相変わらず怜《れい》サマの人気はすごいよ」

「あー、そういうことか」

倉橋怜はきりっとした面差《おもざ》しの長身の美少女で、剣道部のホープでもある。中学時代から女子の間で絶大な人気を誇り、怜サマと呼ばれているのだ。

「女子のほぼ全員が倉橋の恋人役をやりたがってるけど、本命は美人の島田とナイスバディの成海じゃないか？」

解説してくれたのは江本だった。

「成海は確実にDカップ以上だよな」

岡島は鼻の下を長くのばして、にやついている。

「映画ではヒロイン役の女優はむっちりした感じだったから成海の方が近いけど、顔は島田の方が上なんだよな」

むずかしいところだぜ、と、江本は腕組みして考え込むポーズをとった。

「それでどっちが有力なの？」

「今のところ五分五分かなぁ。沢崎はどっちに投票する？」

「おれ？　おれは……別にどっちでも」

吾郎の忠告を思い出して瞬太は言う。

「でもその二人以外の候補者はいないの？　他にもかわいい女子いるよね？」

「ああ、三井《みつい》さんはだめだよ」

高坂に心の中を見透かされて、瞬太はご飯をのどにつまらせそうになった。握り拳で胸をばんばんたたく。

三井春菜《はるな》は王子《おうじ》桜《さくら》中時代からの同級生だ。小柄できゃしゃで、いい匂いがする三井のことを、かわいいなぁと瞬太は常々《つねづね》思っているのだが、口にだしたことはないはずである。

「な、なんでそこで三井の名前がでるんだよ」

瞬太はあたりをきょろきょろ見回した後、小声で尋ねた。

「かわいい女子の例をあげただけだけど、何か問題ある？」

「そ、そうか。で、なんで三井はだめなわけ？」

あんなにかわいいのに、と、思ったが、さすがにはずかしくて口にはだせない。

「文化祭は陶芸部の方が大変らしい。夏休み返上でお皿やマグカップを作るって言ってたよ」

「へぇ」

「文化部の連中はみんな夏休み中も大変らしいね。演劇部や吹奏楽部なんかは、週に四日も五日も練習するらしいぜ」

おれなら絶対嫌だな、と、江本は渋面《じゅうめん》をつくる。

「うへ、それじゃほとんどいつも通りのペースで登校するのか。暑いのにきついなぁ」

岡島が気の毒そうに言うと、江本はため息をついた。

「実はおれも数学の補習にひっかかったから、週二で登校になっちゃったんだけどね」

「あ、おれ、全教科補習だって」

「まじか!?」

瞬太以外の三人は同時に驚きの声をあげた。

「うん。どうせ暇だからいいんだ」

「おいおい、それってめっちゃラッキーじゃないか」

「何が?」

江本の言葉に瞬太は首をかしげる。

「夏休み中も、登校するたびに三井と会えるよ」

「そっか！」

瞬太はぱっと顔を輝かせた。瞬太のストレートな反応を見て、江本はニヤリと笑う。

「よかったな」

「えっ……」

しまった、かまをかけられたんだ。

今さら気づいて、瞬太は頬を赤く染める。

「だから、何でそこで三井の名前がでてくるんだよ⁉」

「ばれなんだよ。四月に三年生の美人に声をかけられた時もなぜか困ってたし。おまえに好きな女子がいるとしたら三井しかいないだろ。みんなそう思うよな？」

「まあね」

高坂は軽く苦笑いで答えた。

「ばればれだな」

ニヤニヤとおやじ笑いをうかべたのは岡島だ。

「うう……」

このまえもみどりにばればれだと言われたばかりである。

おれってそんなに顔にでちゃうタイプなんだろうか、と、瞬太は頭をかかえた。

「まあ、夏休み中にがんばれ」

江本にぽんと背中をたたかれ、瞬太は頭のてっぺんから湯気がでそうになる。

教室に戻ると、三井と目があって、瞬太はドキッとした。同じクラスだから、教室に三井がいるのはあたりまえのことである。落ち着け、おれ、と、瞬太は自分に言い聞かせた。

「あのさ、三井」

「え？」

振り向いた三井から、いつものシャンプーのいい匂いとはまた別の、甘い香りがただよってきた。これはバニラエッセンスとバターと砂糖か？

「何かお菓子食べた？　甘い匂いがする」

そんな話をするつもりじゃなかったのに、つい口にだしてしまった。自分でもあきれるくらい、いい匂いには弱いのだ。

「さっき成海さんにクッキーもらったから、その匂いかな？」

クッキーが五枚ばかりはいった透明な袋を見せてくれた。小さなピンクのリボンで袋の口をしばっている。

「昨日いっぱい焼きすぎちゃったからって、おすそわけしてくれたの」

「へー、手作りか」

「沢崎君、甘いもの好きだっけ？」

「おれは甘いお菓子もからいお菓子も両方好きだよ」

「じゃあおすそわけのおすそわけ」

三井はリボンをほどいて、クッキーを二枚瞬太にさしだした。

「えっ、そんなの悪いよ。三井がもらったのに」

「あたし今、お腹いっぱいで、全部は食べられないから」

「そう？」

そうまで言われて遠慮することもないだろう。

瞬太はありがたくクッキーを二枚わけてもらい、早速、口に放り込んだ。

「うん、うまい」

さくさくした食感を楽しみながら、瞬太ははっとした。三井とクッキーの話がしたかったわけじゃない。

「ところで、文化祭なんだけど、三井は陶芸部の方が忙しいの？」

指先についた粉をなめながら瞬太は尋ねた。

「うん。陶芸部では、毎年展示即売会をやることになってるんだ。それで、一人十個は売り物になる食器や小物を焼かないといけないんだけど、あたしは四月に陶芸を始めたばかりだから、全然うまくいかなくて。部の活動資金がかかってるんだから、最低でも百円で売れる物を作れって先輩たちに言われて、もう、すごいプレッシャー」

「へぇ、展示するだけじゃなくて、売れなきゃいけないのか。大変だな。それで今、何個できてるの？」

「まだ二個しか……」

三井の顔がくもる。

「ま、まあ、まだ文化祭まで二ヶ月あるし、余裕だよ」

「うん。一個ずつ地道にがんばるつもり。まず、今日こそは焼き魚用の四角いお皿を成功させる！」

三井は胸の前で手をぎゅっと握りしめて、よし、と、自分に気合いを入れた。

「でもそんなに部活が大変だと、うちのクラスの劇に参加するのは全然無理そうだね」

「うーん、何にも参加できないのは寂しいから、せめて当日の受付か何かをやらせてもらえるといいなって思ってるんだけど。そういえば、沢崎君は新聞同好会の方がメインになるの？」

「えっ⁉　あっ、新聞同好会も文化部だっけ。ころっと忘れてた」

瞬太と江本と岡島の三人は高坂に頼まれて、新聞同好会に名前を連ねているのである。といっても、記事を書くことも、写真をとることもできないので、三人そろって名ばかりの幽霊会員だが。

高坂を探すと、自分の席で何やら難しそうな本を開いている。

「委員長、文化祭は新聞同好会で何かやるの？」

瞬太が声をかけると、高坂は顔をあげた。

「文化祭か。一応教室をひとつもらえるみたいなんだけど、人手がないから難しいね」

新聞同好会は、名ばかり会員の瞬太たちを入れても五人しかいないのである。

「これまでに発行した校内新聞をでっかく引きのばして壁にはるとか？」

「それが一番簡単なんだけど、体育祭なんかのイベント関係は写真部も展示するみたいだから、ちょっとかぶるんだよね。とはいえ喫茶店や射的屋みたいなお店系は人手がいるし、今回は見送った方がいいのかな。せっかく新聞同好会の存在をアピールできるチャンスなんだけど……」

高坂は珍しく迷っているようだ。

「あのさ、おれ、記事を書くとか写真をとるとかは全然できないけど、店番くらいならできるから言ってくれよ。掃除とお茶くみは得意だし」

瞬太はいきおいこんで言った。

いつも相談にのってもらってばかりの高坂に恩返しをする絶好のチャンスである。

「猫の手ならぬキツネの手か。頼りにしてるよ」

高坂はふふっと笑った。

五

まだまだ暑い午後四時すぎ。

今日も商店街に蟬《せみ》の合唱がひびきわたっている。王子稲荷神社の木立はもちろん、電柱で、はたまた街路樹のイチョウで、蝉はその存在を高らかに主張しているのだ。

蝉って暑さに強いよなぁ、と、感心しながら、瞬太が陰陽屋の前でほうきを動かしていると、予期せぬ客があらわれた。

「あれ、島田？　何で今日も？」

「しっ」

島田は瞬太の腕をつかむと、有無を言わさず階段をかけおりた。昨日と同じく、高校の制服のままである。

「今、誰かお客さん来てる？」

「いや、さっき、占いのお客さんが帰ったところ」

「ならいいわ」

島田は素早く周囲を確認すると、陰陽屋の黒いドアをあけ、店内にすべりこんだ。

「こんにちは。陰陽師さん、いらっしゃいますか？」

「おや、昨日のお嬢さん。どうしました？」

「昨日買ったお守りにうっかりコーヒーをこぼしてしまったんですけど」

そう言いながら島田が祥明の前にさしだした霊符は、見事にコーヒー色に染まっていた。うっかりコーヒーをこぼして、しみがついたなどというレベルではない。コーヒーにどぼんとつけて、染めあげたような色具合である。

「おや、これはすっかり文字がにじんでしまっているので、霊符の力が弱まっていますね」

「新しいのを買いたいんですけど。もっと強力なのを」

最初からそのつもりだったのだろう。残念そうなそぶりひとつ見せず島田は言った。

「申し訳ありませんが、これより強力な霊符というのはありません」

「そうですか……」

島田はきゅっと唇をかむ。

「文化祭のヒロイン役をとりたいと言っておられましたよね？　霊符だけでは不安ですか？」

「ライバルが着々と票固めの工作をしていて……」

「へー、成海がそんなことをしてるんだ」

「沢崎だって成海さんのクッキー食べてたじゃない！」

「えっ、あっ、あのクッキーそういう意味だったのか!?　全然気がつかなかった……」

瞬太は焦《あせ》って口をおさえるが、後の祭りである。

「あたりまえよ。入学以来、成海さんがクッキーを焼いてきたことなんて一度もなかったじゃない。それがこのタイミングで急になんて、買収に決まってるでしょ！」

島田はきれいなカーブを描く細い眉をきゅっとつりあげた。

「そ、そうなんだ……。で、でも、おれ、成海に投票するなんて約束してないし」

「じゃああたしに入れてくれる!?」

「え、う、あ」

女子の争いには絶対に巻き込まれるな、という、吾郎の警告がむなしく脳裏によみがえる。

もうすでに十分巻き込まれてしまった気もするが、せめて、これ以上関わらないようにしよう。

「か、考えとくよ」

「それはOKってことでいいの？」

「え、ええと……」

瞬太は思わず後じさった。

どうしよう、ここは嘘でも「うん」と答えておいた方がいいのだろうか。

「まあまあ」

面白そうにことのなりゆきを見物していた祥明が、ようやく間にはいってくれた。

「お嬢さん、せっかくのきれいな顔が台無しですよ。もしかして昨夜、パックなさいましたか？」

「えっ、どうしてわかったの!?」

「お肌がつやつやだからですよ。眉もまつげも、昨日より一段ときれいにととのってるし、ヒロインめざして努力してるんですね」

「まあね」

島田はまんざらでもなさそうな様子で答える。

「でもまさか成海さんがクッキーばらまきなんて卑怯《ひきょう》な手段にでるなんて……」

「それでは、今日の霊符にはサービスで祈禱をおつけしましょう」

「本当に!?」

「ええ。二日連続で来ていただいたお礼です。どうぞ、こちらへ」

祥明は島田を祭壇の前に立たせた。店内は薄暗いので普通の視力の人にはわかりにくいのだが、実はただの、ご家庭用のチープな神棚セットである。

島田が手をあわせて目をつぶると、祥明はかしこまって、おごそかに祭文《さいもん》を唱《とな》えはじめた。祥明が暗唱できる祭文は二つしかないのだが、今日は無料サービスなので当然短い方である。

だが島田はそんなことは知らないし、陰陽師に祈禱してもらったということで気がすんだのか、新しい霊符を持って満足げに帰っていった。

「あー、クッキーを二枚もらっただけでひどい目にあったぜ。でも本当に島田が言う通り、買収だったのかな？」

「あたりまえだろう。彼女が言った通り、ここにきて突然クッキーをばらまいているとしたら、下心を疑って当然だ」

「うう、そうなのか……」

三角の耳がしょんぼりと下をむく。

三井は買収作戦に気づいていたのだろうか。いや、きっと三井も陶芸部のことで頭がいっぱいで、ヒロイン争奪戦が熱く繰り広げられていることすら気づいていないに違いない。

「それにしてもおまえ、よく島田が昨夜パックをしたなんて気づいたな。おれは全然わからなかった」

「そりゃ、あれだけ念入りにまつげを上向きにカールしていれば、彼女がヒロイン獲得のために美容に気合いを入れているんだなくらいは一目瞭然だろう。六十度はあがってたぞ」

「そんなにあがってた？」

「ああ、あげすぎでマネキンみたいになってた」

「さすが元カリスマホスト、よく見てるなぁ」

「客を観察するのは商売の基本だからな。そもそもおまえは……」

祥明が偉そうに説教しようとした時、階段をおりてくる靴音が聞こえてきた。

「あっ、お客さんだ！」

瞬太はここぞとばかりに提灯をつかんで出迎えに走る。

あれ、この靴音は聞いた覚えがあるような……誰だったっけ？

いぶかしく思いながら黒いドアをあけると、瞬太の正面に立っていたのは、ナイスバディの同級生だった。

「うわっ、成海まで来た」

「そんなにびっくりしないでよ」

成海は、うふっ、と、笑う。

「でも成海まで、って、どういう意味？　もしかして、あたし以外にもうちのクラスの生徒が来てたりする？」

成海は背のびすると、瞬太の肩ごしに薄暗い店内をチェックする。

「そんなことないよ。たまに三井と倉橋が来ることがあるけど、今、他のお客さんは来てないから」

「そう？　よかった。成績アップのために必死になってるなんて怜サマに知られたら恥ずかしいもんね」

成海はとってつけたような、しらじらしい言い訳をした。

「成海も怜サマのファンなの？」

「もちろんよ。あんなにりりしくて格好良い人、そうそういないもん」

成海はうっとりとした目で熱く語った。こちらは間違いなく本心のようだ。

「ところで今日は……もしかして、昨日の霊符をだめにしちゃったとか？」

「そんなわけないじゃない」

成海はびっくりしたように、首を横にふった。

「ただその、お守り一個だけじゃちょっと弱いような気がして……」

瞬太はビクッとする。成海の目があやしく光ったように見えたのだ。

「まさか、まだわら人形をあきらめてないのか？」

一拍おいてから、成海はおかしそうにけらけら笑った。

「やだ、沢崎君、昨日のは冗談よぉ」

「おや、昨日のお嬢さん。霊符だけでは不安ということでしたら、祈禱はいかがですか？」

「祈禱なんてできるんですか？　ぜひお願いします！」

陰陽師が呪詛をできることは知っていたくせに、祈禱の方は知らなかったらしい。

祥明は成海を祭壇の前に立たせると、さっき島田にしたのとまったく同じ祈禱を行った。そんなこととはつゆ知らず、成海は嬉しそうにお礼を言う。

成海を見送った後、瞬太はふーっと息を吐きながら、額の汗をぬぐった。

「成海のクッキーばらまきを見て不安になった島田がまたうちの店に来たのはわかる

んだけど、成海はどういうつもりで来たんだろう？」

「島田さんのまつげのあがりっぷりに脅威を感じたんじゃないか？」

「おまえも成海もよく見てるな。でもさぁ、ライバルの二人にそれぞれ祈禱をしてあげるって、いいのかなぁ」

「弁護士と違って陰陽師は法律で規制されてないから平気さ」

「そりゃそうだろうけど、良心がとがめないのか？」

「全然。この調子であの二人が毎日金を落としていってくれれば大儲けだな。毎月ヒロイン投票があればいいのに」

祥明は口もとを扇で隠して、ニヤリと笑った。

わかっていたこととはいえ、まったくあこぎな男である。


小さな建物が所狭しと建ち並ぶ住宅街に、にぎやかな虫の合奏が流れる夜八時半頃。

沢崎家の晩ご飯は和風ハンバーグと野菜サラダだった。

「はー……」

クッキー二枚で女子たちの戦いに巻き込まれてしまったことを思い出し、つい、ため息がもれてしまう。

「ハンバーグおいしくない？　和風よりもイタリアンの方がよかった？」

珍しく瞬太が食卓で暗い顔をしていたので、吾郎が心配そうに尋ねてくる。

「え、ううん、おいしいよ。ね、母さん？」

瞬太はみどりに同意を求めた。

「うん、なかなかよくできてるわよ。八十点かな」

「えっ、百点じゃないの!?」

「もうちょっと肉汁のジューシー感があると百点なんだけど」

「母さんは厳しいな」

吾郎は苦笑いで首の後ろをかく。

「瞬太も肉汁が気になったのか？」

「いや、おれは……」

高校生にもなって、クッキー二枚で苦境に立たされる羽目になった、なんて、さすがに恥ずかしくて両親には言えない。

しかも、昨夜、吾郎から忠告をもらっていたのに、だ。

「ちょっと眠くてぼーっとしてただけ。教室に冷房はいってるんだけど、窓際は暑くて熟睡できないんだよね」

へへへ、と、笑ってごまかすと、勢いよくハンバーグを平らげにかかった。

六

翌日。

瞬太が始業ベルぎりぎりに教室にすべりこむと、島田が晴れやかな表情で教室の真ん中に立っていた。誰かの色紙を他の女子たちに見せているようだ。

「島田は何やってるんだ？」

こんな時は高坂に尋ねるに限る。

「従兄《いとこ》のお笑い芸人からサイン色紙をもらったらしい」

「へー」

瞬太が自分の方を見ているのに目ざとく気づいて、島田がこちらへやってきた。

「沢崎もナンジャコリャのサイン色紙いるなら頼んであげるよ」

声をひそめて、「昨日陰陽屋さんへ行った後、従兄のことを思い出したのよ。祈禱のおかげかも」と瞬太にささやく。

「えーと……」

昨日クッキー二枚でひどい目にあったばかりだ。サイン色紙なんかもらったら、今度は成海から何を言われるかわかったものじゃない。それに、正直言って、お笑い芸人はよく知らないのだ。だからと言って、そんなのいらないと答えたら、やっぱり成海に投票するつもりなのかと責められそうな気がする。

ど、どうしたらいいんだろう。

瞬太が焦りまくっていると、只野先生が教室にはいってきた。全員パタパタと自分の席に戻っていく。

救いの神だ。

「ま、また後で！」

瞬太も大急ぎで自分の席に走った。

はー、やれやれ。

ほっと一息ついて、早速居眠りの体勢にはいろうとした時、後頭部に妙な視線を感じた。

何だろう、と、首をめぐらせると、三メートルばかり離れた席の成海が瞬太をにらんでいるではないか。

そしてその成海のまつげは、島田を意識しすぎたのか、ほぼ真上にむかっていたのである。

昼休み。

瞬太は高坂たちを屋上に誘った。食堂や教室では誰が聞いているかわからないので、内緒話をしたい時には、暑くても屋上へ行くに限るのだ。

どよんとした灰色の雲の下、四人は昼食をひろげる。

「なんかさー、成海と島田のヒロイン争い怖くない？」

カニシュウマイを頬張りながら瞬太は切りだした。

「激しいよな」

購買で買ってきたおにぎりを片手に江本がうなずく。弁当は休み時間に食べてしまったのだ。

「クッキー焼いてきたり、色紙持ってきたり、よくやるよ」

「くれるって言うんだから、もらっときゃいいじゃん。怖がるほどのことか?」

岡島が大人なんだか不誠実なんだかよくわからない意見をのべる。

「だってさ……何て言うか……えーと……」

島田と成海が陰陽屋に来ていることや、ましてや、互いに呪いをかけようとしたことは言うわけにはいかないし、どうもうまく説明できない。

「まあ、どっちにせよ明日のロングホームルームで投票だから、そこで決着がつけば落ち着くよ」

「そっか、明日までの辛抱か」

高坂の言葉に、瞬太はほっとした。

昼食を終え、四人で廊下を歩いていると、見覚えのある男子生徒が近づいてきた。

ラーメンのようなくるくるの髪に感じの悪い笑顔。パソコン部の浅田《あさだ》真哉《しんや》である。

「やあ、新聞同好会の高坂君とそのおまけの皆さん」

「喧嘩《けんか》売ってるのか?」

江本がむっとした顔で答える。

「ああ、ごめん、正直なもので」

「謝る気ゼロだな、おまえ」

「ほっといて教室戻ろうぜ」

岡島が江本をなだめる。

「九月の文化祭、新聞同好会はどうするの？」

「え？」

唐突な質問に、高坂は目をしばたたいた。

「うちの部はパソコン室で自作のゲームを披露する予定だよ。それだけでもかなりの話題になるだろうけど、さらに、リアルタイムでＷＥＢニュースを配信していくつもりさ」

「へえ」

「そちらは何かやるの？　まあ実質、高坂君一人しかいない新聞同好会じゃ壁新聞も大変だろうし、教室は返上した方がいいんじゃない？」

「ご心配ありがとう。今、いろいろ企画を考えているところだよ」

「楽しみにしているよ」

嫌みな笑みをうかべながら浅田は立ち去った。

「感じ悪いやつだな!」

江本は浅田の背中にむかって、べーっ、と、舌をだす。

「コラム勝負で委員長に負けたのを根にもってるんだろ」

岡島は余裕の表情である。

一学期に高坂がパソコン部の校内向けホームページで連載した陶芸体験のコラムは、他のどの記事よりも好評をはくした。一方的に高坂に勝負を挑《いど》んで敗れた浅田は、かなり悔《くや》しかったに違いない。

「でも、文化祭はどうするの? このまえ、新聞同好会で何かやるのは、人数的にもむずかしいって言ってたけど……」

瞬太の問いに、高坂はにっこりと笑った。

「あそこまで期待されたら、何もやらないわけにはいかないだろうね」

売られたけんかは買うことにしたようだ。


その頃、沢崎家では。

ダイニングテーブルに頬杖をつきながら、みどりは小さなため息をついた。机の上には文庫本が一冊置かれている。

「その本がどうかしたのかい？」

コーヒーのはいったマグカップをみどりの前に置いて、吾郎は尋ねた。マグカップから、コーヒーの香りがふわりとひろがる。

「ありがとう」

みどりは両手でマグカップをはさむと、「実はね」と、話しはじめた。

「ストックルームに忍び込んで夜な夜なポテチを食べていた患者さん……あたしには何となく心あたりがあったの」

「えっ!?　例のラップ音騒動の時の!?」

「うん」

少しばかりまえに、みどりが勤めている病院で、誰もいないストックルームから夜な夜な物音がするという怪奇現象が発生した。病院だけに、幽霊かもしれないという期待を込めて、みどりは祥明に調査を依頼したのだが、幽霊の気配はまったくないとのことだった。そして、さまざまな状況から、異様に身の軽い人間が天井裏をつたってストックルームにしのびこみ、かくれてポテチを食べていたらしい、という結論に達したのである。

「異様に身の軽い人間……つまり、瞬太のような化けギツネかもしれない、っていうのが、店長さんの推理だったんだよね」

「ええ。その時は、犯人は特定不能っていう結論だったんだけど、入院患者で、身が軽そうで、しかも自由に動き回れる人っていうと、それなりにしぼりこまれてくるでしょ？　あの後、それとなく入院患者さんを観察していて、この人かも？　って思った人がいたの。でもその患者さんはすぐに退院してしまって、結局、何も聞けずじまいだったわ」

　みどりは残念そうに言う。

「どんな人だったんだい？」

「鼻の手術で入院してた人。鼻はけっこう出血するから、手術の後、一週間ばかり入院するんだけど、他の、たとえば盲腸や骨折で入院している患者さんなんかに比べればはるかに元気だし、動き回れるのよ」

「なるほどねぇ」

「でも瞬太に、患者さんの個人情報を調べるなんてもってのほか、なんて偉そうに言っちゃった手前、その人の住所を調べて訪ねるわけにもいかないし、でも、すごくすごく気になるし、どうしよう、って、もんもんとしてたの。だってその人が本当に化けギツネだったら、瞬太の親戚かもしれないのよ!?」

　みどりはぎゅっと両手を握りしめた。

　瞬太はみどりと吾郎の実子ではない。十五年前、王子稲荷神社の桜の下に捨てられていた赤ん坊だったのだ。警察の捜査で親が見つからなかったので、二人がひきとることになったのだが、育てはじめてしばらくしてから、普通の人間の赤ん坊ではないことに気づいたのである……。

「それで、その患者さんが退院して二日後のことなんだけど」

　若いナースたちが、「この本、おととい退院した患者さんの忘れ物じゃない？」と話しているのを聞いたみどりは、「あたしが届けるから住所を教えて」と強引に奪い取ってしまったのである。

「で、この本がその患者さんの忘れ物なんだね？」

「ええ。窓際に置きっぱなしになっていたんですって」

「ふーむ」

吾郎は本を眺めながら、あごをなでた。

「瞬太、最近何だか様子がおかしいでしょ？　昨日も大好きなハンバーグなのに、ぼーっとしてたし。やっぱり自分の仲間のことが気になってるんじゃないかしら。もしかしたら……実の親のこととか……」

「どうだろうねぇ」

「ねえ、お父さん、どうしたらいいと思う？」

「どうって……その人が化けギツネかどうかはともかくとして、忘れ物は届けた方がいいんじゃないのかな？　私が届けますって他のナースさんたちに言っちゃったんだろう？」

「そう、そうよね……」

みどりはぶ厚い文庫本にむかって、再びため息をついた。

七

その日の放課後は、成海の方が先に陰陽屋へやってきた。

祥明にとっては鴨ねぎだろうが、瞬太はちょっと気が重い。

「店長さん、ちょっと聞きたいことがあるんだけどぉ」

「成績アップの秘訣ですか？」

「んー、それはお守りと祈禱でもう大丈夫だと思うから、別のこと」

「何でしょう？」

「実は明日、文化祭でやる劇の配役を決めるんだけど、あたしがヒロインになれる確率ってどのくらいかなぁ……？」

ついに成海は、成績アップという建前《たてまえ》をかなぐり捨て、ヒロイン狙いであることを白状した。島田のサイン色紙攻撃をうけて、余裕がなくなったのだろう。

「占ってみましょうか？」

「占い……。ううん、占いで悪い結果がでたらショックだから……」

成海はもじもじして歯切れが悪い。

「お守りにしておきますか？　それとも祈禱をご希望ですか？」

「お守りや祈禱以外に、何とかもっと確率をあげる方法はないの!?　お金ならあるわよ！」

成海は財布から一万円札をだして、ばん、と机の上に置いた。

突然の豹変に瞬太は仰天する。

「な、成海!?」

「祈禱なんてぬるいやり方じゃなくて、もっと確実な方法をお願いしたいんだけど」

声も顔つきも、いつものきゅるんとした成海とはすっかり別人だ。その必死な表情には凄味《すごみ》すら感じられる。

「たとえばライバルを呪う、とかですか？」

「…………」

成海はきゅっと唇をひきむすび、無言で祥明を見つめている。

「困りましたね」

祥明は顔の前で優雅に扇をひらいた。

「人を呪う方法はあります」

「本当に!?」

「紙の人形《ひとがた》を使う方法、呪具を埋めておく方法、式神を使役する方法などいくつかやり方はありますが、効果は保証できません」

　まさか一万円札に目がくらんで引き受けるんじゃないだろうな、と、瞬太ははらはらする。

「だめもとでいいから、やってみてよ」

「ただ一つ、確実に言えることは、何かのはずみで呪いが破られた時、お嬢さんには恐ろしい呪詛返しがあります」

「絶対に……？」

　祥明は重々しくうなずいた。

「呪いというのは、そういうものです。お嬢さんは相手をちょっと怪我《けが》させる程度の呪いをかければいいと思っているかもしれませんが、返ってくる時は、その何倍もの災厄をあなたにもたらすでしょう。最悪、生命《いのち》を落とすかもしれません。それだけの覚悟がおありでしたら、人を呪う方法をお教えしましょう」

　祥明の警告に、成海はたじろいだ。

「で、でも、呪いが破られなければ、返ってくることもないんでしょ……？」

「俗に、人を呪わば穴二つ、と、言うでしょう？　あの穴というのは、墓穴のことです。たとえ呪詛が破られなくても、人を呪う者は、結局自分も墓穴にはいることになるんですよ」

「…………」

成海はさすがに言葉を失い、蒼《あお》ざめた。

「本当にそこまでして、文化祭のヒロイン役をやる必要がありますか？　よく考えてみてください」

「そうだよ、やめとけよ、成海。何だかんだ言って、ただのクラスの出し物だよ？　生命をかけるほどのものじゃないって。いくらがんばったって、倉橋と結婚できるわけじゃないいんだからさ」

「もう怜サマだけの問題じゃないのよ。島田さんに負けるのが我慢ならないの！」

「あら、奇遇ね。あたしも同じ心境よ、成海さん」

バン、と、黒いドアがあけはなたれ、そこには島田が立っていた。

大失態だ。島田はいつも通りの時間に来たのに、呪いの話に気をとられていて、靴音に気がつかなかったのである。

「し、島田……いつからそこに？」

「一分ほど前からかしら」

島田の目つきが、きゅっと険しくなる。

「成海さん、そのお金であたしを呪ってもらおうとしたの？　とんでもない人ね」

「うるさいわね！　あんただってあたしを呪ってるくせに！　昨日体育の授業で着替えてた時、こっそりあたしの髪の毛拾ってたの見たわよ。あれ、わら人形に入れたんでしょう？」

「な、何の証拠があってそんなでたらめを」

図星だ、と、島田の顔が言っている。

「わけのわからない言いがかりはやめてよね！　あんた妄想癖《もうそうへき》でもあるんじゃないの!?」

「それはこっちのセリフよ！」

「だいたいクッキー配ってヒロインになろうなんて、やり方が古臭いのよ」

「そっちこそ、色紙でつろうとしたくせに。あたしのクッキーの真似《まね》したんでしょ!?　卑怯すぎ！」

「あ、あのさ……」

「うるさいわね！」

「沢崎はだまってて！」

「うっ……」

どんどんエスカレートしていくののしりあいに、とても瞬太は口をはさめない。

「あんたなんかがうるわしい怜サマの相手役をやろうなんて、図々しいにもほどがあるわ。自分の顔を鏡で見たことあるの!?」

「そっちこそ、電信柱のくせに！　怜サマは小柄な女の子の方が好きだって知らないの!?　三井春菜を見ればわかるでしょ!?」

「なんですってー！」

二人は激しく怒鳴りあい、今にも殴りあいに発展しそうな気配である。

「お嬢さんたち、落ち着いて」

ようやく祥明が割ってはいった。

「もうそのへんでいいでしょう。お二人ともヒロインに選ばれる可能性はごく低いのですから、無駄な争いはやめた方がいいですよ」

「ごく低いってどういうこと!?」

成海は祥明にくってかかった。

「二人とも、そもそも自分たちがヒロインになれるほどの演技力があると思っているのですか?」

「えっ!?」

「店長さん、あたしの演技を見たことなんかないじゃない」

二人ともむっとした表情を祥明にむける。

「考えていることが顔にですぎですよ。もうちょっと上手に嘘をつけるようにならないと、主役は無理でしょう。発声も滑舌《かつぜつ》も、全然ヒロインのレベルじゃありません。母親役すら難しいでしょうね」

「そ、それは、今はお芝居中じゃないからで……本気をだせば……」

島田がしどろもどろの言い訳をする。

「それだけではありません。ヒロインに選ばれる人というのは、今この瞬間も寸暇《すんか》をおしんで練習にはげんでいる人です。お守りや呪いに頼ってうちに日参したり、クッキーや色紙をくばったりしているようでは、その時点でもう負けてるんですよ。残念でしたね」

にこにこと笑いながら祥明は毒舌を炸裂させた。とうとう忍耐の限界がきたらしい。そもそも祥明はあまり辛抱強い方ではないのだ。

「そんな……！」

ふたりはお互いの腕をつかみあったまま、ずるずると床にしゃがみこんだ。

「祥明、何もそこまで言わなくても」

「言わないとわからないお馬鹿さんたちには、言うしかないでしょう？　だいたい、呪いで解決しようだなんて、安易すぎなんですよ」

祥明はピシッと鋭い音をたてて扇を閉じると、冷ややかな視線で二人を見おろした。

「そんな……だって……」

はらはら泣きだす島田。

「どうしても、ヒロインやりたかったから……。もちろん、呪うなんてよくないことだとはわかってたけど、怜サマの恋人役をやれる最初で最後のチャンスだし……」

「あたしも、ちょうど困っていた時にテレビで呪い特集を見かけて、つい……」

つられて成海も涙ぐむ。

「まだあと一晩あります。今からでもみっちり練習して、正々堂々と勝負してみてはどうですか？」

「だって可能性はごく低いんでしょ……？」

「ゼロとは言いませんでしたよ」

「まああ二人とも、祥明の言うことなんか真に受けることないから」

瞬太はなぐさめようとした。が。

「気休めはやめてよ！」

島田にキッと怖い顔でにらみ返される。

「悔しいけど、店長さんの言う通りかもね……」

成海は手の甲で涙をぬぐった。

二人は無言で店の外へでて、階段をのぼった。通りにでたところで、一瞬顔を見あわせ、プイッとそむける。

その後はそれぞれ違う方向に歩み去って行ったのであった。

八

翌日。

いよいよロングホームルームで『タイタニック』のヒロイン役が選出されるとあって、朝から教室は落ち着かない雰囲気だった。

例によって始業ベルぎりぎりに瞬太が教室へかけこむと、やつれはてた島田と目があう。

「大丈夫か？　目の下にくまができてるけど……」

「徹夜で台詞《せりふ》を全部覚えてきたから」

「徹夜!?　すげーな」

「もともとは一昨年《おととし》、演劇部で使った脚本だから、おそろしく長くて難しい台詞もあったけど、陰陽師さんにああまで言われちゃ、やるしかないじゃない」

青黒いくまのういた顔でにやりと笑うと、ととのった美人なだけに、鬼気迫《ききせま》るものがある。

「おはよ……」

かすれ声で登場したのは成海である。

「どうしたんだ、その声。風邪か？」

「ちょっと発声練習のしすぎで喉《のど》痛めたみたい」

喉をおさえながら成海は答えた。かなりつらそうだ。

「どんだけ練習したんだ。気合いはいってるな」

「当然でしょ」

瞬太と話しながらも、視線は瞬太をすりぬけ、違うところを見ている。島田だ。

成海と島田の目があった瞬間、火花がスパークした。

陰陽屋に日参したり、特訓しすぎたり、二人とも気合いがはいりすぎで怖い……怖すぎる……。

とにかく関わっちゃだめだ。

もう遅いかもしれないけど……。

父の忠告にしたがって、瞬太はそっと二人から遠ざかると、席についた。

ロングホームルームは六時間目だった。

いつもは熟睡している時間だが、さすがに今日ばかりはそうもいかない。瞬太は一所懸命、まぶたをこすり、手をつねりながら、睡魔《すいま》と戦う。

「今日は『タイタニック』の打ち合わせの続きをやります。主人公は先週、倉橋さんに決まったので、その相手役の……」

司会役の文化祭実行委員が黒板の前にでて話しはじめた時、いきなり倉橋怜が立ち上がった。

「ごめん、やっぱりあたし、お芝居は無理」

「剣道部で何かやることになったの⁉」

実行委員がびっくりして尋ねると、倉橋は頭を左右にふる。

「あたし、もらった脚本の台詞、ぜんっぜん覚えられなかった……。まさかあんなに台詞があるなんて……」

机に手をついて、がっくりと肩をおとす。

「そんなに慌《あわ》てないでも、夏休み中に覚えれば大丈夫だから」

「それこそ剣道部の練習があるから無理。ごめん」

倉橋は顔の前で両手をあわせると、がばっと頭をさげた。

「そっかー、残念だけど仕方ないね」

実行委員が答えると、「本当にごめん」と何度も謝りながら倉橋は椅子に腰をおろす。

「ええと、じゃあ、まず、主人公を誰がやるか選んだ方がいいのかな？」

実行委員の言葉に、男子たちは一斉に色めきたった。

「まさかの展開だな」

「主人公は最初から倉橋に決まってたから、全然期待してなかったけど、これってもしかして、おれにもチャンスありってこと？」

「面白そうだし、立候補してみるか？」

男子たちのざわめきとは逆に、女子たちはすっかり沈んでしまっている。

「怜サマがでないんなら、『タイタニック』やってもつまんないよね」

「もともと怜サマありきの企画だったわけだし……」

「じゃがいも顔の男子がディカプリオの役なんてありえない」

「全然お客さんはいらないかも」

「何だよおまえら、そこまで言うことないだろ!?　おれだって別にどうしても芝居にでたいなんて思ってるわけじゃねぇよ」

「倉橋がだめなんだから、かわりに誰かやるしかねぇだろうが」

「えーっ、あんたたちに怜サマのかわりなんて無理ー！」

大紛糾《ふんきゅう》の末、倉橋怜が参加しないお芝居なんかありえないという女子たちのブーイングで企画自体が流れてしまい、一年二組は迷路をつくることになったのであった。


ロングホームルーム終了後。

島田と成海の二人は、魂《たましい》が抜けてしまったんじゃないかというくらい呆然としていた。島田はうつろな目で空を見ているし、成海は机の上につっぷしてしまっている。

「おい、島田、成海、大丈夫か？」

二人の熱すぎる戦いを知っているだけに、無視することもできず、瞬太は恐る恐る声をかけた。

「あー、うん、まあ、何て言うか……」

島田がやつれきった顔に、弱々しい笑みをうかべた。やっぱり怖い。

「ヒロインをやれないのは不本意だけど、そもそも怜サマのいないお芝居になんてでたって仕方ないわけだし……」

顔を半分机にくっつけたまま成海が答える。

「あたし、いったい何してたんだろ……？」

島田が雲にむかって問いかけた。大丈夫だろうか……。

「店長さんが言ってた、人を呪わば穴二つってこういうこと？」

成海の問いかけに、島田は、さあ、と、首をかしげた。

「違うような気もするけど、もうどうでもいいよ……ははは」

二人とも、憑《つ》きものが落ちたような雰囲気で、苦笑いをうかべる。

こうして女子たちの熱い戦いは幕をおろし、教室と陰陽屋に平和が戻ってきたのであった。


クリーム色のマンションの前で、みどりは大きく深呼吸をした。

何度も住所を書いたメモを確認する。三〇一号室。この部屋に間違いない。

トートバッグから忘れ物の文庫本をとりだして、握りしめる。

「さあ、行くわよ」

自分をふるいたたせるために、あえて声にだして言うと、右手でドアのチャイムを押した。

「はーい」

パタパタと足音がして、ドアがあく。

「何っすかー?」

ドアのむこうにいたのは、頭にタオルを巻き、薄緑色の作業服を着た太った青年だった。

作業着にはペンキがついており、ビニールがはりめぐらされた室内からは、トンテンカンカンと軽快な音が聞こえてくる。

どうも、リフォーム工事の真っ最中のようだ。

嫌な予感がする。これは、どう見ても……

「あ……あのー……この部屋に住んでいる萩本《はぎもと》さんは……?」

「引っ越したみたいっすよ」

やっぱり。

予想通りの答えに、みどりはがっくりした。

さんざん迷いに迷い、一大決心をして会いに来たのに、見事な肩すかしである。

「萩本さんの忘れ物を預かってるんですけど、引っ越し先とかはわかりませんか？」

「こっちじゃちょっとわかんないっすね。大家さんに聞いてみてもらえますか？　このマンションの一番上の階だから」

「は、はい……」

ショックでくらくらしながらも、みどりはエレベーターで最上階まであがった。

「萩本さんの引っ越し先ですか？　さあ、どこって言ってたかしらねぇ」

インターホンごしに事情を説明すると、おっとりした老婦人の声で返答があった。こちらからは顔がわからないのだが、七十歳くらいだろうか。

「もしも萩本さんからご連絡があったら、忘れ物を預かっておりますので、王子中央病院の沢崎までご連絡ください、と、ご伝言をお願いしたいのですが」

「沢崎さんですね、わかりました」

「あの、それで……」

「まだ何か？」

住んでいた人は、化けギツネでは……なんて聞いても、変な人だと思われるだけだ。

「いえ、よろしくお願いします」

みどりは丁寧に頭をさげると、すごすごと引きさがるしかなかったのであった。

第二話

晴れ乞いは喉ごしさわやか

一

七月二十一日。いよいよ夏休みである。

瞬太《しゅんた》としては、補習のない日はずっと家で昼寝をしていようともくろんでいたのだが、赤点をとりまくったせいで、平日はほぼ毎日補習がはいってしまった。しかも、補習の後は陰陽屋《おんみょうや》でアルバイトなので、結局いつもとほとんどかわらない。

学校ではひたすら眠り、その後はキツネに変身して店の前の掃除をしたり、お客さんを案内したり、お茶をだしたりといった毎日である。

「あー、今日も降りだしたか」

雨粒のあたった右耳をプルプルッとふる。

一度は梅雨《つゆ》明けしたはずなのだが、ここ一週間ばかり、また雨がよく降るようになった。雨の日は気温も低めだし、楽といえば楽なのだが、どうしてもお客さんが減ってしまうので、アルバイト代がちゃんと払われるか心配なところでもある。

「まあ心配したって仕方ないよな。雨の日は雨さ。今日の掃除は終了っと」

ほうきを肩にかついで、瞬太は店内に戻ろうとした。

「キツネのお兄さん？」

階段を半分ほどおりた時、背後から聞き覚えのあるかわいらしい声がする。

振り返ると、階段の上に、傘をさした小学生の二人組が立っていた。一人は女の子、もう一人は同じくらいの年の男の子である。

「こんにちは、お久しぶりです」

女の子がぺこりと頭をさげた。

「えーと……由実香《ゆみか》ちゃんだよね、久しぶり！」

瞬太はかろやかに階段をかけのぼった。

里見《さとみ》由実香は、去年の秋に、父親の狐憑《きつねつ》きを治してほしい、と、依頼してきた子供である。たしかあの時五年生だったから、今は六年生になっているはずだ。

「お隣の子は友達かな？」

「同じクラスの長山裕弥《ながやまゆうや》君です」

「……こんにちは」

裕弥は、初めて陰陽屋に来た人の常《つね》として、目をまん丸に見ひらき、口を半びらきにして瞬太を見上げている。

「この耳は猫じゃなくて、キツネなんだよ」

由実香が解説すると、裕弥は、「ふーん……？」と、さらに混乱した様子で目をぱちぱちとしばたたいた。

「由実香ちゃん、もしかして今日は相性占い？」

「えっ、まさか」

由実香は口では否定したが、頰《ほお》がピンクに染まっている。

「裕弥君のことで、陰陽師《おんみょうじ》さんに相談にのってもらいたいんです」

「へー、じゃあお店へどうぞ」

瞬太が階段をおりて黒いドアをあけると、裕弥の顔がひきつった。

地下だし、暗いし、提灯《ちょうちん》や蠟燭《ろうそく》の火がゆらゆらとゆれる中、お札《ふだ》らしきものがあちこちに貼られていて、その上、お香《こう》の匂いもするし、小学生にとってはおばけ屋敷と大差ないに違いない。今にして思えば、去年、由実香はよく一人でこの店に足を踏み入れたものである。

「お邪魔しまーす」

尻込《しりご》みする裕弥にはかまわず、由実香はさっさと店内にはいっていった。勝手に奥のテーブル席につく。

「いらっしゃいませ、陰陽屋へようこそ」

由実香の声が聞こえたのだろう。几帳《きちょう》のかげから祥明《しょうめい》がでてきた。もちろんいつもの陰陽師スタイルである。

「こんにちは、陰陽師さん」

「おや、お嬢さん、お久しぶりです。それからそちらは……？」

裕弥は口をあんぐりと全開にしたまま、入り口で棒立ち状態になっていた。これも祥明を初めて見た人の、定番の反応である。着物は神主《かんぬし》さんと大差ないはずなのだが、妙に整った祥明の顔と長髪がうさんくささを際立たせているのだろう。

「由実香ちゃんの同級生で、裕弥君っていうんだって。祥明に相談があるらしいよ」

「というと、裕弥君も王子《おうじ》稲荷《いなり》の裏にある小学校の生徒なのかな？」

「うん、おれの後輩」

「それはそれは。どうぞ遠慮せず席へおつきください。キツネ君、お茶を」

「へーい」

祥明が子供相手でも丁寧な応対をするのは、瞬太の後輩だからではない。陰陽屋のすぐ近所にある小学校のＰＴＡで「あの店は子供に冷たい」という悪評をたてられるのを恐れてのことである。

「それで、ご相談の内容とは？」

「僕のおじいちゃんは、この商店街で酒屋をやってるんですけど、今年の夏は雨ばっかりだから、さっぱりビールが売れないって困ってるんです」

「ああ、たしかに一度梅雨明け宣言がでたあと、また梅雨が戻ってきてしまいましたからね。ビールやアイスクリームの売り上げにはひびいているかもしれません」

「それで、陰陽師さんに、晴れ乞《ご》いをお願いしたいんです」

「晴れ乞い？」

祥明は眉を片方つり上げた。

「今月号の『ミッチーくん』で、安倍晴明《あべのせいめい》が雨乞《あまご》いをしてたの。雨乞いができるくらいだから、晴れ乞いもできるんでしょう？」

『りとる陰陽師☆ミッチーくん』は、由実香が愛読している少女漫画である。瞬太は読んだことがないのだが、祥明によると、主人公の賀茂光栄《かものみつよし》をはじめ、安倍晴明、賀茂保憲《やすのり》、蘆屋道満《あしやどうまん》といった陰陽師たちが大活躍したり大喧嘩《おおげんか》したりする漫画らしい。この陰陽師たちが実在の人物だったというからまた驚きである。もしかして平安というのは相当にうさんくさい時代だったのだろうか。

「たしかに晴明が五龍祭《ごりゅうさい》という雨乞いの儀式をおこなったのは有名な話です。しかし、残念ながら、陰陽道《おんようどう》で晴れ乞いというのは聞いたことがありません」

「そうですか……」

小学生たちはしょんぼりとうなだれる。

「陰陽道以外でしたら、たしか、京都の貴船《きふね》神社で晴れ乞いのお祭りがあったと思いますよ。あそこは水の神さまをまつっているので、雨乞いと晴れ乞いの両方をやっているはずです」

「京都……」

裕弥は京都と聞いた途端、遠い目になってしまった。実際、京都は遠いのだが。

「その神社にお願いすれば、王子で晴れ乞いをしてくれるんですか？」

裕弥にかわって、由実香が尋ねる。

「うーん、個別にやってもらうのは難しいでしょうね」

「祥明、何とかしてやれないのかよ⁉」

「キツネ君、頑張れば晴れ乞いができるとでも思っているのか？」

祥明はあきれ顔で肩をすくめた。

「それは無理かもしれないけど……。おじいちゃん思いの裕弥君のために、何かしてあげられることはないのか？」

「要するにビールが売れればいいんですよね？　商売繁盛の霊符はいかがですか？」

「えっと、いくらですか？」

裕弥は恐る恐る尋ねる。

「五千円になります」

「ごせんえん……」

裕弥は絶句した。膝の上で、ぎゅっと小さな拳を握りしめる。

「帰っておじいさまと相談してみてください。まあ霊符なんかなくても、そろそろこの戻り梅雨も終わって暑くなるとは思いますよ」

「はい……」

裕弥は立ち上がると、すごすごと出口へむかっていった。由実香も後を追う。

「裕弥君、ごめんね……」

由実香が小声で裕弥に話しかけているのが聞こえる。

黒いドアが閉まるのを見届けると、瞬太はくるりと振り向いて、祥明をにらみつけた。

「まえ由実香ちゃんが相談に来た時といい、今日といい、おまえって本当に子供に冷たいよな！　子供に五千円も出せるわけないと思ってわざと言っただろう⁉　あと京都の神社なんて、小学生が行けるかよ」

「おまえこそ子供に甘すぎだ。いちいち家庭の事情に首をつっこむのはやめろとあれほど言ったのに、全然こりてないな」

祥明は閉じた扇の先で、瞬太の額をつついた。

「いいか、できもしないことを安請《やすう》け合《あ》いするなんて、ただの無責任だぞ」

「うう……」

瞬太は不満そうに口をとがらせる。

「でもうちょっと真面目《まじめ》に考えてみてくれてもいいじゃないか。おまえは悪知恵だけが取り柄なんだから」

「おやおや、おほめにあずかり恐悦至極《きょうえつしごく》だね」

「ほめてないって！」

「あ、そういえば、おまえにもできることが一つだけあったな」

「えっ、何!?」

瞬太が身体《からだ》を乗りだすと、祥明は顔の前で扇をひらき、ニヤリと笑った。

「てるてる坊主をつくることだ」

「……おまえって本当にやなやつだな！」

瞬太は顔を真っ赤にして叫んだ。

二

夜八時すぎに陰陽屋のアルバイトが終わった後、どうしても裕弥のことが気になって、瞬太はこっそり酒屋をのぞきに行ってみた。

長山酒店は、駅から二、三分の場所にある。

さすがに高校の制服でははいりづらいので、外からそっと様子をうかがってみた。

棚には日本酒、洋酒、ビール、焼酎といろんな酒がずらりと並び、立ち飲みのカウンターも併設されている。外壁がガラスばりになっているとてもおしゃれな店構えなのだが、雨のせいか、客は一人しかはいっていないようだ。

「あら、瞬太君？」

瞬太が後ろをむくと、陰陽屋の常連客である金井江美子《かないえみこ》が立っていた。買い物帰りなのだろう。スーパーのビニール袋をさげている。

「どうしたの？　酒屋さんにおつかい？」

「実は……」

瞬太がわけを話すと、江美子は大きくうなずいた。

「そうそう、うちも今年はビール頼む人は少ないのよ。夏場はレバニラと餃子《ギョーザ》にビールっていうのが定番のはずなんだけど」

江美子はこの商店街にある中華料理屋のおかみさんなのだ。

「あれっ、陰陽屋のお兄さん？」

頭上で声がしたので、顔をあげると、二階の窓から裕弥が顔をのぞかせていた。二人の話し声が聞こえたのだろう。

「耳がないけど、陰陽屋のお兄さんだよね？」

「うん。裕弥君の話が気になって、来てみたんだ」

「ちょっと待ってて」

裕弥はパタパタと階段をかけおりてきた。

「えーと、おばさんは……？」

「あ、この人は、王子稲荷の近くにある中華料理屋さんのおかみさんだよ」

「こんばんは」

裕弥はぺこりと頭をさげた。

「坊やがおじいちゃん思いの優しい裕弥君ね。今、瞬太君から話を聞いていたところよ」

「そんな、僕、おじいちゃん思いっていうほどじゃ……」

裕弥はちょっと照れたような顔をした。

「お客さんかい？　裕弥」

今度は店の中から主人が出てきた。七十歳前後の陽焼けした男性で、紺色の前掛けをしている。裕弥の祖父だろう。

「えっと、僕のお客さんなんだけど……」

「おや、上海亭《シャンハイてい》のおかみさんじゃないですか」

「こんばんは。ちょうどここでばったり陰陽屋の瞬太君に会ったものだから。店先にいると邪魔かしらね？」

　裕弥の祖父と江美子は、同じ商店街で店をだす者同士として、知り合いのようだ。

「そんなことはないけど、雨の中で立ち話もなんだから、中へどうぞ」

　主人の許しをもらって、瞬太と江美子は傘をたたみ、酒屋にはいった。裕弥がカウンターにウーロン茶をだしてくれる。

「耳がないと普通の高校生なんだね」

　ウーロン茶を飲む瞬太をじっと見て、裕弥は言う。

「ははは、そうだよ。あの格好は陰陽屋にいる時だけなんだ。ふかふかの耳とか着物とかけっこう暑くて大変なんだけど、祥明が、陰陽師にはキツネがつきものだから、仕事中はあの格好をしてろってうるさいんだよ。あ、祥明っていうのは、店長のことさ」

「瞬太君はキツネの格好の方がかわいいから、お客さんへのサービスなのよ。商売っていうのは小さな努力の積み重ねだからね」

江美子がウィンクしながら解説してくれる。

「ふーん、大変なんだね」

「裕弥君もお店のことが心配なのね？」

「僕はお店のことはよくわからないんだけど、ただ、来週、おじいちゃんの誕生日なんだ。それで、おじいちゃんに青空をプレゼントしたかったんだけど……」

「裕弥君はおじいちゃんが大好きなんだね」

「うちはお父さんもお母さんも会社が忙しくて、僕はいつもおじいちゃんちで晩ご飯食べてるから。お店の二階がおじいちゃんちで、三階がうちなんだけど」

「そっか」

瞬太と江美子は裕弥の話にすっかり感心する。

「でもさすがに、いくら店長さんが凄腕《すごうで》の陰陽師でも、晴れ乞いは無理なんでしょう？」

江美子の問いに、瞬太は顔を曇らせた。

「うん。陰陽道に晴れ乞いはない、って、きっぱり言い切ってた」

「京都の神社ならできるって言われたんだけど……」

裕弥はしょんぼりと肩をおとす。

「裕弥のその気持ちだけで十分さ」

酒屋の主人はにこにこ笑いながら、大きな手で裕弥の頭をなでた。

だがそこで引きさがれないのが、瞬太と江美子である。

「要はビールが売れればいいのよね」

「うん。晴れでも雨でも、ビールが売れればいいんだよ」

「雨でもビール……梅雨寒でもビール……冷夏でもビール……」

江美子は腕組みをして考え込んだ。

三十秒後。

「だめだ、思いつかない。そもそも雨でもビールが売れるいいアイデアを思いついていたら、うちの店でやってるわよ」

「そうだよね」

「上海亭さんもビールはだめですか？」

裕弥の祖父に尋ねられ、江美子は苦い顔でうなずく。

「そうなんですよ。うちは中華料理屋なのに、コーヒーはないんですか、なんて聞かれる始末で」

「やっぱり晴れ乞いかぁ」

瞬太は、うーん、と、考え込んだ。

「晴れ乞い……神社……祈禱《きとう》……」

瞬太はぱっと顔をあげる。

「そうだ、あの人なら、晴れ乞いの方法を知ってるかもしれない！」

珍しく名案がひらめいたのだった。


一時間後。

吾郎の豚肉たっぷりやきそばを食べ終わり、風呂にはいろうとしていたところで、携帯電話に見慣れぬ番号からの着信があった。

「もしもし、沢崎《さわざき》瞬太君ですか？　安倍です」

快活で、はりのある老人の声が聞こえてくる。国立《くにたち》に住む祥明の祖父、安倍《あべ》柊一郎《しゅういちろう》である。

「祥明のじいちゃん？」

「うん。お隣の秀行《ひでゆき》君から伝言をもらったんだけど、僕に聞きたいことがあるんだって？」

槙原《まきはら》秀行は祥明の幼なじみで、陰陽屋にも時々顔をだすため、瞬太とも知り合いなのだ。

瞬太も祥明も、柊一郎と連絡をとりたい時は槙原に頼む。うかつに安倍家に電話をかけると、祥明のいわくつきの母、優貴子《ゆきこ》がとる危険があるからだ。

「じいちゃんって、学者で物知りなんだろ？　晴れ乞いのやり方って聞いたことない？　お客さんに頼まれたんだけど、祥明のやつ、晴れ乞いなんてできないって、すごく冷たいんだよ」

瞬太が事情を説明すると、柊一郎は、「ふうむ」と、うなった。

「たしかに今年は全国的に夏物商戦がかんばしくないと、ニュースでも言ってたねぇ」

「でも、晴れ乞いが成功して暑い夏に戻れば、またビールやアイスも売れるんだよね？」

「そうだね、いくつか晴れ乞いをやっているお寺や神社はあるよ。舞《まい》を奉納《ほうのう》したり、加持《かじ》祈禱をしたり、やり方はいろいろだけど」

「さすがじいちゃん！」

「でも、この長い梅雨で困っている酒屋さんはいっぱいいるからね。晴れ乞いができるお寺や神社には、とっくに依頼が殺到してるんじゃないかな」

「そっかー」

「それに、こう言っちゃあなんだが、ヨシアキ程度の陰陽師が晴れ乞いなんかしたからって、効果があるとはとても思えないねぇ」

柊一郎はからからと明るく笑う。ちなみに安倍祥明《よしあき》というのが祥明の本名である。

「やっぱり、雨でもビールが売れる方法っていうのを考えた方がいいのかな？」

「うん、その方が現実的だろうね」

「たとえばどうすればいいと思う？」

「残念ながら商売のやり方は僕にはわからないな。でも何か手はあるはずだから、いろいろ試してみるといい」

「わかった。ありがとう」

瞬太にはさっぱり思いつかないが、またもう一度、江美子に考えてもらおう。

「ところで瞬太君、夏休みは忙しいの？」

「日曜以外は毎日陰陽屋に行ってるよ。あと、学校の補習も」

「部活にははいってないのかね？」

「一応、新聞同好会にははいってるけど、夏休み中は別に何もしないみたい」

正確に言うと、一学期中も特に何もしなかったのだが、そこは棚にあげておく。

「ほうほう、それは結構。今度うちで本の整理をしたいんだけど、瞬太君、手伝いに来てくれないかな？」

「いいけど、祥明に頼んだ方がいいんじゃないの？　おれ、専門書を順番に並べろとか言われても全然わかんないよ？」

「うちにはヨシアキの天敵がいるからねぇ」

「ああ、例のお母さんか……」

祥明の母、優貴子は、息子を溺愛《できあい》するあまり、愛犬ジョンを捨ててしまったり、祥明の彼女にゴキブリのオモチャが入ったケーキを出したり、書きかけの論文のデータがはいったパソコンにジュースをぶちまけてしまったりと、とんでもない逸話が満載の人なのである。ゆえに祥明は決して国立の家には近づこうとしないのだ。

「祥明には僕から話を通しておくから、考えておいてくれたまえ」

「うん、わかった」

瞬太の通話が終わると、自分の方に物問いたげな顔をむけているみどりと目があった。

「祥明のじいちゃんだよ。晴れ乞いのやり方を聞きたかったんだけど、祥明に晴れ乞いなんかさせても効果はないだろう、だって」

「あらまあ。たしかに相手がお天気じゃ、たとえ祥明さんでも難しいかもしれないわね」

みどりは柊一郎の意見にうなずいた。

「そういえば祥明さんのおじいさんって、昔、化けギツネのお友だちがいたのよね？」

「ああ、それがきっかけで、じいちゃんは民俗学や宗教学を研究するようになったって言ってたよ。それがどうかした？」

化けギツネの名前は篠田《しのだ》。柊一郎が学生時代に住んでいたアパートの住人で、夜な夜な酔っ払っては耳や尻尾《しっぽ》をだしていたらしい。

「ううん。その孫の祥明さんのところで瞬太がアルバイトをすることになるだなんて、やっぱり何かご縁があるのかしらねって思っただけ。お稲荷さまのお導きってところかしら」

ふふふ、と、みどりは笑った。

三

翌日は朝からずっと雨だった。

陽射しがないぶんじわっと暗いし、静かな雨音がまた眠気をさそうので、補習中いつも以上に熟睡してしまう。

「おい、沢崎、終わったぞ」

瞬太を起こしてくれたのは、補習仲間の江本《えもと》である。

「おー、ありがと」

「今日の昼飯どうする？　委員長さそってハンバーガー屋かラーメン屋にでも行く？」

「委員長も学校に来てるの？　補習のわけないよね？」

高坂《こうさか》は学年きっての優等生なのだ。

「サッカー部の取材だって言ってた。女サカは今年も絶好調だからな。もう終わる頃だと思うけど……」

話しながら江本は携帯電話で高坂に連絡をとろうとした。

「そうだ、委員長だ！」

瞬太は「ちょっとゴメン」と言って、江本の携帯電話を奪い取る。

「委員長!? 相談にのってほしいことがあるんだ。ううん、勉強じゃなくて、商売のことで」

「え？ 商売？」

電話のむこうで、高坂が目をしばたたいているのが見えるようだった。

上海亭のチャーハンをかきこみながら、瞬太がおおざっぱに事情を説明すると、高坂は「そういうことか」とうなずいた。

「委員長は東京経済新聞で賞をとったこともあるし、こういうこと得意だろ？」

「興味はあるけど、でも、雨でもビールか……」

高坂は軽く首をかしげる。

「雨とか晴れとか関係なく、陰陽屋の店長さんが酒屋で店番をすれば、少なくとも女性客ははいりそうだけどね」

「そうかな？　酒屋と祥明って、何だかあんまりピンとこないんだけど」

「いいんじゃないかしら！」

話にわりこんできたのはキュートな花柄のエプロンをつけた江美子だった。

「たしかに祥明さんが店番をしてたら、ううん、あの店の立ち飲みカウンターに立ってたら、雪でもビール飲みに行っちゃうわよ！」

鼻息も荒く断言する。

「ところで沢崎」

江美子がレジをうちに行ったのを見はからって、江本が瞬太に小声でささやいた。

「三井《みつい》とはその後どうなってる？　言うこと言った？」

予想外の問いに、瞬太は心臓が止まりそうになる。

「な、な、何を急に……」

「その調子じゃまだ全然か」

江本はあきれ顔で首を左右にふった。

「三井はほぼ毎日陶芸室にいるのに、何で話しかけないわけ？」

「だって……。部員でもないのに陶芸室にはいるのはなんだか気がひけるし、それに、たいてい三井以外にも陶芸部の人がいるんだよ……」

「陶芸室くらい、何か適当に口実をつくってはいり込めばいいじゃん」

「その適当な口実が思いつかないんだよ……うう……」

瞬太のあまりの情けなさに、江本と高坂は顔を見合わせた。

「そんな調子でのんびりしてると、夏休み終わっちゃうぜ？　そのまえに補習が終わっちゃうけど」

「補習って夏休みいっぱいあるんじゃないの？」

「八月の頭までだよ。先生たちだってお盆くらい田舎《いなか》に帰ったりしたいだろうし」

江本の言葉に、瞬太の目の前は真っ暗になる。

「ど、どうしよう……!?」

「覚悟を決めてがんばれ！」

「う、うう……」

瞬太はくらくらする頭をかかえて、妙なうめき声をあげた。

昼すぎに一度あがった雨は、また夕方近くになって降りはじめた。

瞬太は祥明とともに陰陽屋の店内でお客さん待ちである。

「暇だなぁ。店の掃除は一昨日《おととい》もやったばかりだけど、またはたきでもかけようか？」

瞬太は夜目《よめ》がきくので、薄暗い店内でも掃除ができるのだ。

「まかせる」

祥明は休憩室のベッドの上に寝転んで、漫画を読んでいる。よく狩衣《かりぎぬ》や指貫《さしぬき》がしわにならないものだ。いや、もしかしたら、目立たないだけで、背中側はしわしわなのかもしれない。

「ああ、そうだ。昨夜、祖父からの電話で、本の整理をしたいから、キツネ君を貸してくれって言ってきた」

柊一郎は早速、祥明に話を通したらしい。

「行ってもいいけどさ、本当におれでいいのかな？　今日もこんなに暇なんだし、店を休みにして祥明が行った方がいいんじゃないの？」

「あの家には悪魔がいるから絶対に嫌だ」

予想通りの答えである。

「また槙原さんに頼んで、お母さんをどこかに連れだしてもらうとか」

「その作戦はこの前失敗したばかりだろう」

「そうだけど……でも、二度目だし、槙原さんも今度こそうまくやってくれるんじゃないかな？」

「秀行は嘘が下手だし、何より、母はおれがらみになると異常に嗅覚《きゅうかく》が働くんだ。あれは物の怪《もののけ》だな」

祥明は露骨に顔をしかめた。

「悪魔の次は物の怪か」

「とんでもない母だが、おれ以外の人間に害を加えることはないから安心しろ。それに、祖父の時給は、少なくともうちの店よりはいいはずだ」

「行く！」

瞬太は即答した。現在、父の吾郎が失業中なので、瞬太もなるべく小遣いくらいは自分で稼ぐべくがんばっているのだ。

「いつにする？　王子から国立まで往復三時間はかかるし、補習がない日がいいんじゃないか?」

「じゃあ土日かな」

「わかった。祖父に伝えておくよ」

その話がおわると再び暇になったので、瞬太がはたきをかけていると、やっと階段をおりてくる靴音が聞こえてきた。二人連れだ。片方はスニーカーで、もう片方は女性用のローファーだろう。この靴音の主はおそらく……

「いらっしゃいませ」

黄色い提灯を片手に、瞬太が黒いドアをあけると、予想通り、裕弥と江美子が立っていた。

「おや、江美子さんと裕弥君? お知り合いだったんですか」

休憩室からでてきた祥明が、少し驚いたような顔をする。

「例の、雨でビールが売れないって話を聞いたんだけど、うちもビールをだしてるから人ごととは思えなくて。商売繁盛のお守りもいいんだけど、それだけだとちょっと地味だから、ぱーんとイベントをやって盛り上げたらどうかしら?」

「どんなイベントですか?」

「ビール祭りなんていいと思うんだけど。祥明さんに酒屋さんのカウンターに一日立ってもらって。接客は得意でしょ？」

「申し訳ありませんが、ビールには全然詳しくないので……」

案の定、面倒くさがりの祥明は断ろうとした。

「いいのいいの、にこにこ笑ってビールをついでてくれれば、それだけでみんな大喜びだから」

「日曜ならできるんじゃないか？　定休日だし」

「おじいちゃんのためにお願いします、店長さん」

たたみかけるように三人に頼み込まれ、しかもそのうちの一人はお得意さんの江美子である。

「わかりました。日曜日ならお引き受けしましょう」

祥明はしぶしぶ引き受けたのだった。

四

日曜日も、降ったりやんだりのぱっとしない天気だった。

瞬太は今日は手伝わないでいいと言われていたのだが、やっぱり気になるので、ちょっとだけビール祭りの様子を見に行くことにする。

「こんにちは」

ちょうど江美子がビール祭りのお手製ポスターを入り口の脇にはっていたので、声をかけた。

「あら、瞬太君。今日はいいのよ。あのこうるさい担任の先生にばれたら大変なことになるでしょ」

飛鳥《あすか》高校は原則アルバイト禁止なので、担任の只野《ただの》先生に陰陽屋のアルバイト許可をもらう時はひと騒動あったのだ。

「わかってるよ、ちょっとのぞきに来ただけ。それに今日は、これから行くところがあるんだ」

「それならいいけど」

「で、祥明はどんな感じ？」

「すごくいいわよ！」

急に江美子の目尻がさがる。

店の中をのぞくと、祥明は、あらかじめ昨日のうちに江美子から渡されていた長い黒エプロン、白シャツ、黒ネクタイ、黒ベストというギャルソン姿で長山酒店のカウンターに立っていた。いつもはおろしている長い髪も、首の後ろでくくっている。

「思った通り、こういう格好も似合うわねぇ」

江美子は自分の目に狂いはなかった、と、ご満悦である。

「そうだ、さっそく写真をとっておかないと！」

江美子が祥明のギャルソン姿を撮影し、ネット上にアップロードしてから数分後。わらわらと商店街中の老若女子たちが見物にくりだしてきた。

「ここで立ち飲みを注文すると、店長さんがついでくれるの？」

「ええ、何でもお好きなものをご注文ください。心をこめてつがせていただきます」

「本当に!?　ショウがあたしのために一曲歌ってくれるなら、ドンペリでもルイでも入れちゃうところだけど」

ショウというのは、祥明がホストクラブで働いていた時の名前である。どうやらドンペリとかルイとかいうのは、ホストクラブ御用達のお高い酒のことらしい。

「今日は喉《のど》の調子が悪くて。きれいな女性ばかりなので緊張しているようです」

「またまた。わかってるわ、そういうお店じゃないもんね。じゃあ、生をグラスで」

「あたしは、えっと、梅酒のソーダ割り」

「かしこまりました」

内心では全然やる気などないのだが、女性客を目の前にすると、つい条件反射で営業スマイルをうかべてしまうらしい。

大丈夫そうだな、と、瞬太は安心し、引きあげることにした。

「じゃあ、おれ、行ってくるね」

「ああ、頼んだぞ」

祥明は軽くうなずくと、また女性たちのグラスにせっせと酒をつぎはじめる。

その後、都内各地から祥明のファンたちが続々とかけつけてきて、店の前には傘の列ができたほどだったという。

「うちの店が女の人で埋めつくされるなんて、創業以来、初めてのことだなぁ……」

酒屋の主人はしみじみとつぶやいた。

ビール祭りがうまくいっていることを確認した瞬太は、国立の安倍家へむかった。柊一郎の手伝いである。

中央線で立ったまま熟睡してしまい、あやうく乗り過ごしそうになるが、なんとか国立駅でおりることができた。

改札をでると、がっちりした体型の大男が手をふっていた。祥明の幼なじみである槙原秀行だ。胸に大きく「漢」の一文字が入った白いTシャツを着ている。

「あれ、槙原さん？」

「瞬太君、久しぶりだね。ちょっと黒くなったかな？」

「雨が降ってない日は必ず陰陽屋の前を掃除するからね。それより、わざわざ迎えに来てくれたの？」

「うん、ヨシアキに頼まれて。こっちだよ」

「あいつ人使い荒いからなぁ」

「まったくだよ」

槙原は歩きながら、くっくっと愉快そうに笑う。

「ところで今日はヨシアキは？」

「商店街の酒屋さんで、ビール祭りを手伝ってる。きれいなお姉さんもいっぱい来てるよ」

「えっ、そういう楽しそうなイベントがあるなら教えてくれればいいのに、あいつ、気がきかないなぁ」

「槙原さんはまだ彼女できないの？」

　瞬太の問いに、槙原はがっくりと肩をおとした。

「そうなんだよ……。うちは妹がもう嫁にいってて、おれだけ売れ残ってるから、親がうるさくてさ」

「ふーん、大変なんだね」

「まあヨシアキほどじゃないよ。まえあいつが彼女を家に連れて行った時の話聞いたことある？」

「あー、お母さんがゴキブリのはいったケーキをだしたとかいう……」

「そうそう、あの時はおもちゃのゴキブリだったんだけどさ、もしヨシアキが結婚なんてことになったら、本物だしちゃうかもしれないいな」

「うげ」

趣味の悪い冗談だと思いたいところだが、槙原はいたって真面目な表情である。

「まあ瞬太君に意地悪することはないと思うから安心して」

「う、うん……」

瞬太はひきつった笑みをうかべた。

「はい、到着」

槙原が立ち止まった。門扉の脇に安倍という表札が出ている。かなり大きな、古い洋館だ。大型犬を飼っていただけあって、庭もそこそこの広さがある。沢崎家のジロが見たら、きっとうらやましがるに違いない。

「ちなみに隣がおれんち」

右隣の家を槙原が指さした。こちらは生け垣にかこまれた純和風の建物で、安倍家よりもさらに広く古そうだ。

「でっかいねー」

「古いだけだよ。庭に柔道場があるから、身体を動かしたくなったらいつでも遊びに来るといい」

「うん、ありがとう」

「じゃ、おれは稽古があるからこれで」

槙原は片手をあげると、お隣の自宅に帰っていった。平日はコンビニでアルバイトをしているが、土日は柔道教室の手伝いをしているのだ。

ふと見ると、Tシャツの背中には大きく「愛」と書かれている。

面倒見が良く、外見もまあまあな槙原に彼女ができない理由がなんとなくわかった気がした瞬間だった。

五

瞬太が安倍家のチャイムを押すと、しばらくしてドアがあき、やせた老人がひょいっと顔をだした。白い髪に白い口髭《くちひげ》。ちょっとレトロな開襟《かいきん》シャツにきなりのパンツ。祥明の祖父の安倍柊一郎である。

「やあやあ、瞬太君、よく来てくれたね。さあ、はいってくれたまえ」

柊一郎は気さくな調子で瞬太に声をかけた。

「あれ、じいちゃん、その手どうしたの？」

柊一郎の右手が包帯でぐるぐる巻きにされている。

「このまえ、ころんだはずみで、小指の骨にひびがはいってしまったんだよ。年はとりたくないねぇ」

「このこと、祥明は知ってるの？」

「ああ、秀行君から聞いたらしい。このまえ電話した時に、もう年なんだから無理はやめろなんて生意気なことを言ってたよ」

「見舞いに来るように言おうか？　どうせ来てないんだろ？」

「いいんだよ。ヨシアキが来たからって、治りがはやくなるわけじゃないからね」

「そりゃそうだけど……」

祥明もじいちゃんもなんだかかわってるよなぁ、と、瞬太は心ひそかに思った。安倍家は先祖代々、学者の家系だと言っていたが、そのせいだろうか。

「とりあえず僕の部屋でお茶でも飲もう」

柊一郎が瞬太を案内したのは、広い書斎だった。壁はすべて本棚で埋めつくされ、大きなデスクの上にも、さらにはフローリングの床の上にも、うずたかく本が積まれている。

「すげー、本ばっかりだなぁ」

「まあこんな有様だから、読み終わった本はそろそろ書庫に移そうかと思ってね」

そう言いながら、柊一郎は瞬太に椅子をすすめ、自分も腰をおろした。

「あらあら、かわいいお客さまね。いらっしゃい」

上品な顔立ちで、きびきびした物腰の老婦人が、お盆にティーカップをのせてはいってきた。柊一郎の妻だろう。言葉に関西弁のアクセントが混じっている。いかにも気の強そうなきりっとした眉が印象的だ。すっきりと通った鼻筋が祥明と同じである。

「お邪魔してます、沢崎瞬太です。えーと、祥明のおばあちゃん？」

「しょうめい？　ああ、ヨシアキのことね。そうよ、よろしくね。紅茶でいいかしら？　お菓子は甘いのとからいのとどちらがお好き？」

「両方！」

瞬太が即答すると、老婦人はクスクス笑いながら一度ひっこみ、「たくさん召し上がれ」と、ケーキ、クッキー、せんべい、おかきなど、いろんな菓子の盛り合わせを持ってきてくれた。

「ありがとう。もう行っていいよ」

柊一郎が言うと、老婦人は不満そうな顔になる。

「あら、あたしも坊やとおしゃべりしたかったのに」

「だめだよ。瞬太君は僕のお客さんなんだから」

「はいはい。ごゆっくりどうぞ」

老婦人は祥明そっくりのしぐさで肩をすくめると、「またね」と瞬太に声をかけ、書斎からでていった。

「そういえば昨夜、君のお母さんから電話があったよ」

「えっ、何で!?」

瞬太はケーキを頬張《ほおば》ったまま、驚きの声をあげる。

「明日はうちの瞬太がご迷惑をかけるかもしれませんが、よろしく、ってね」

「まったくもう、過保護なんだから」

瞬太は少しばかり頬を赤らめて、唇をとがらせた。まるで小学生の頃、同級生の家に遊びに行った時ののりである。

「いつまでも子供扱いするのはやめてほしいんだよね」

「まあ、母親というのは、そういうものだからあきらめるしかないね」

クックッと柊一郎は笑う。

「母親といえば、例の、祥明のお母さんは……？」

瞬太はそっとあたりをうかがった。

「ああ、さっき夫の憲顕《のりあき》君と一緒にでかけていったよ。新宿まで買い物に行くと言ってたから、当分もどらないだろう」

「そっか」

瞬太はほっとした。

自分には無関係な人だとわかっていても、何となく怖い。ぱっと見には、はなやかで、きれいな女性なのだが、祥明ともめているところを二回も見たせいか、どうも腰がひけてしまう。

大量のお菓子をぺろりと平らげ、ひとごこちついたところで、本の整理にとりかかった。書庫にしまう、と、柊一郎が決めた本を、瞬太が片っ端から段ボール箱につめていく。

「じいちゃん、もう箱がないよ」

「むむ、十箱ではたりなかったか。まあしかし、床がだいぶ見えるようになったな」

柊一郎は満足そうに見回した。

「それでは書庫に運んでくれるかな？　こっちだよ」

「ほい」

瞬太は一箱かかえると、柊一郎のあとをついて行った。玄関で靴をはき、庭にでる。幸い雨は小休止のようだ。

洋館の裏にまわると、レトロな赤煉瓦《あかれんが》造りの倉庫があった。両開きの窓には鉄扉がついている。横浜や函館にある港の倉庫をこぶりにしたようなつくりだ。

「ここが書庫だよ」

「へー……って、書庫？　これが？」

瞬太はびっくりして問い返した。

「先々代の当主が、防火や防水重視で建てたらこうなったらしい。本は火事や雨漏りに弱いからねぇ」

「ふーん」

小指の骨にひびがはいっている柊一郎にかわって、瞬太が重い鉄のドアをあけた。けっこう力がいる。

書庫の中は、空調がきいているにもかかわらず、古い紙独特のにおいで満ちていた。床から天井《てんじょう》まである高い本棚が両壁と中央に設置されている。

「古い本ばっかりだなぁ」

どれもこれも旧字のタイトルがついていて、瞬太にはさっぱり読めない。中には背を糸でしばった和綴《わと》じの本もある。

「じいちゃん、これどのくらい読んだの？」

「ほとんど読んだよ」

「まじか、すごいな」

漫画以外の本をまったく読まない瞬太は、感嘆と驚愕《きようがく》のまじった声をあげた。

「もしかして祥明も？」

「ヨシアキも子供の頃から、よくここにこもって本を読んでいたけど、せいぜい半分か三分の一だね」

「子供の頃から？」

「普通の男の子がやるような、サッカーやキャッチボールはあんまり好きじゃなくてね。雨の日はもちろん、晴れた日にも一人で本を読んでいたよ」

だから陰陽師なんて妙な商売をはじめる大人になったのか、と、瞬太は納得する。

「そういえば、最近、ヨシアキの様子はどうかな？」

「あいかわらずだよ。面倒くさがりだし、子供には冷たいし、祭文《さいもん》は二つしか覚えてないし」

「ほほう」

愉快そうな笑みがこぼれる。

「あ、ごめん、じいちゃんの孫だった」

瞬太は慌《あわ》てて謝った。

「いやいや、かまわんよ。しかしそれで商売の方は大丈夫なのかな？」

「うーん、ぼちぼちかなぁ。ここのところ雨続きだから新しいお客さんはほとんど来ないけど、常連のお客さんがけっこういるから。女の人ばっかりだけどね」

「まだしばらくは続けられそうかな？」

「うん、たぶんだけど」

「それは重畳《ちょうじょう》」

柊一郎はにっこりと笑う。

「本当はじいちゃん、祥明も学者にしたいんじゃないの？　さっさと家に帰れってお
れから言ってやろうか？」
「いやいや、大丈夫だよ。あの子が自分で選んだ道だし、何より、研究室よりもあの
お店の方が楽しそうだからね」
「ふーん」
「ああ、この本はもう僕はいらないから、ヨシアキに渡してやってもらえるかな？」
　柊一郎はぼろぼろの古びた本を瞬太に渡した。何やら難しい漢字のタイトルがつい
ているが、やはりこれも瞬太には読めない。きっと専門書なのだろう。
「わかった」
　瞬太はうなずいた。

六

　火曜日。
　いつものように、補習を受けてから陰陽屋に行くと、ちょうど江美子が手相を占っ

てもらっているところだった。

「江美子さん、いらっしゃい。日曜日はお客さんいっぱい来て良かったね！」

「あー、うん、日曜はね」

江美子は言葉をにごした。

「どうかしたの？」

「さっき長山酒店のご主人がうちにお昼ご飯を食べに来てくれたんだけど、昨日からはまた閑古《かんこ》鳥《どり》が鳴いてるって苦笑いしてたのよ」

「やっぱり雨だとだめなのか……」

「あと、女性客がほとんどだったから、ワイン、カクテル、梅酒あたりはよくでたんだけど、肝心のビールはイマイチだったんですって」

「女の人ってビールは飲まないの？」

「そんなことはないけど、祥明さんを目の前にすると、なんだかオシャレな飲み物を注文したくなったんじゃない？」

「ホスト時代からのお客さんもたくさんいらっしゃってましたからね」

祥明は困ったような笑みをうかべる。

「滅多にでないお高いワインを注文してくれた人もいた、って、ご主人は喜んでたけど、ビール祭りとしては微妙な結果だったんじゃないかしら。難しいわね」

「おじいちゃんはビールを売りたいんだもんなぁ」

「雨でもビールを売ろうっていう無茶な企画は、もうあきらめませんか？　この戻り梅雨が終われば自然に売れるようになりますよ。七月も終わりですし」

「昨日見た天気予報では、今年はなんとか現象で太平洋高気圧が元気じゃないから冷夏なんだって言ってたわ。最悪、このまま秋の長雨に突入しちゃう可能性もあるって」

「大丈夫ですよ。私が見た天気予報では、来週あたりから猛暑になるって言ってましたから」

「だといいけど。予報って人によってけっこう違うから、誰を信じたらいいのか困っちゃうわ」

江美子は、はーっ、と、大きなため息をついた。

「とにかく次の作戦を考えようよ。祥明のじいちゃんもいろいろやってみろって言ってたし」

「そうね。ビール祭りもそれなりの成果はあったわけだし、第二弾を考えましょう。

こうなったら商売人としての意地よ！」

江美子は右手の拳を天井にむかって突き上げ、決意も新たに宣言する。

「店長さんも協力よろしくね！」

「わかりました」

口ではそう答えながらも、祥明の顔には、大きく「なぜ自分が……」と書かれていたのであった。

江美子を見送ったあと、祥明は休憩室にもどると、例によってベッドでごろごろと本を読み始めた。今日は漫画ではなく、瞬太が柊一郎から預かった古書である。

「祥明、それって何の本なわけ？」

「陰陽道の祈禱関連の研究書だな。雨乞いの五龍祭とか、北極星をまつる玄宮北極祭《げんぐうほつきよくさい》とか、延命を祈る泰山府君祭《たいざんふくんさい》とか」

「もしかして晴れ乞いもあった⁉」

さすがじいちゃん、さりげなく助け船をだしてくれたのか⁉と、瞬太は期待で胸をふくらませた。

「いや、それはない」

「なーんだ。やっぱり、ただ、いらなくなった本をくれただけだったのか」

瞬太はがっかりした。


その後も江美子の発案で、長山酒店でビールを買った人には陰陽屋での占いが一割引になる割引券をだしたり、上海亭のジャスミン茶サービス券をだしたり、ビールがおいしくなる料理のレシピを配ったり、いろいろ試してみたが、どれもぱっとしない。

そうこうしているうちに、暦《こよみ》は八月になってしまった。

「もう八月だっていうのに、相変わらず降ったり曇ったり降ったり曇ったりで、嫌になっちゃうわねぇ」

今日も陰陽屋のテーブル席に陣取った江美子は、やれやれ、と、ため息をついた。

「まったくですね。……それで、今日はどのようなご用件でしょうか？」

祥明は戸惑いがまじった営業スマイルで、江美子と、その隣に腰かける恰幅《かっぷく》のいい老人に問いかけた。

江美子が連れてきたこの老人は、なんと、森下《もりした》通り商店街の会長なのだという。もちろん陰陽屋に足を踏み入れたのはこれが初めてだ。

白い半袖シャツにグレーのズボンの会長は、扇子《せんす》で顔をあおぎながら、物珍しそうに店内をきょろきょろと見回している。

瞬太が緊張でカチカチになりながらお茶をだすと、「おお、ありがとう」と言い、ぐいっと一口で飲みほしてしまった。

「さっき会長さんとも相談したんだけど、やっぱり陰陽師さんの本業である祈禱をやってもらうのがいいんじゃないかっていうことになったの。晴れ乞いは無理でも、商売繁盛ならいいでしょう?」

「それはまあ」

「いつもよりちょっと派手な祈禱をやってもらうだけで、見物のお客さんが来ると思うのよ。場所は駐車場を借りるとか。ついでにそこでビールも売れば一石二鳥でしょ。あ、もちろんお金はちゃんと払うから。急だけど、今週の土曜日でどうかしら? なるべく早くやらないと、ビールのシーズンが終わっちゃうし」

「商店街のためにひとつよろしくお願いしますよ、陰陽屋さん」

祥明はここ十日にわたるビール騒動にいいかげんうんざりしているのだが、商店街の会長にまで頼まれては断れない。

「わかりました」

若干さえない営業スマイルで祥明は引き受けた。

「瞬太君も、学校のみんなに宣伝してね。今度はビール祭りじゃなくて、商売繁盛祈願だから、高校生も大歓迎よ」

「うん、わかった」

普通の高校生は祈禱になんか興味ないんじゃないかなぁ、と、思ったが、一応、瞬太はうなずいておく。

二人を階段の上まで見送ると、瞬太と祥明は「ふーっ」と、大きく息を吐いた。

「やー、いきなり商店街の会長さんが来ちゃうなんて、びっくりしたなぁ」

「まったくだ。何事かと思ったぞ」

祥明は扇をひらくと、やれやれ、と、襟元《えりもと》に風をおくる。今日は雨が降っているせいか、中途半端に蒸し暑い。

「この雲の色だと、雨は当分やみそうにないね」

「太平洋高気圧はまださぼってるのか」

ちっ、と、祥明は舌打ちする。

「それで商売繁盛の祈禱はどうするの？」

「どうもこうも、会長さん直々《じきじき》に頼まれたとあってはやるしかないだろう。そもそも断る理由もないし」

「でも、祥明の祈禱で大丈夫なのかな？　本気でビールの売り上げを心配するのなら、王子稲荷か王子権現《ごんげん》の神主さんに頼んだ方がよさそうな気がするんだけど」

「真打ちは最初からでたりしないものさ。晴明の雨乞いだってそうだ」

祥明はいまいましそうに肩をすくめる。

「どういう意味？」

「晴明が八十四歳の夏、ひどい日照りになった。最初は位の高い僧侶が雨乞いをしたが、雨を降らせることはできなかった。次に、一条《いちじょう》天皇が自ら祈りをささげたが、やはりだめだった。そこで、七大寺と十一社に命じ、一斉に雨乞いの祈禱やら読経《どきょう》やらをおこなわせた。この時はちょろっと雨が降ったが、すぐにやんでしまった。最後に、やっぱり晴明じゃないとだめだっていうことになり、晴明が老体にむち打って五龍祭をとりおこなった」

「それでどうだったの？」

「その夜、大雨がざぶざぶ降ったそうだ」

「すげー！　それって本当に雨乞いがきいたってこと!?　それとも偶然!?」

「さあな。もう千年ばかりまえの話だし。ただ一つ言えるのは、今回はおれが一番バッターのクジをひいたってことだよ」

「つまり祥明の祈禱がうまくいかなくても、まだ二番バッター、三番バッターがひかえていて、何とかしてくれるってことだろ？　気楽でいいじゃん」

「まあそう思うことにしておくか」

祥明は苦笑いをうかべると、閉じた扇で自分の首をとんとんとたたいた。

七

金曜日。

とうとう今日で補習も終わりである。思えばあっという間の二週間だった。などと感慨にひたりながらも、やっぱり瞬太は眠りにおちてしまう。

補習が終わった後、陶芸室をのぞいてみると、三井が粘土と格闘していた。他の部員がいないところを見ると、今日は部活の日ではないらしい。陶芸室の流しの隅には、失敗した粘土が小山を築いている。

今日は口実があるから大丈夫だ。

瞬太は自分をはげますと、陶芸室に足を踏み入れた。

「や、やあ、三井」

「あれ、沢崎君、今日も補習だったの？　大変だね」

「今日で終わりだから平気だよ」

自分で言いながら、心の中でがっかりする。

「あのさ、実は、明日の午前中、商店街のイベントに祥明が出るんだ。もし時間があったらのぞきに来ないか？　商売繁盛の祈禱をするだけだから、たいして面白くはないと思うけど」

「店長さんが祈禱をするの？　明日は部活もお休みだし、絶対行くね！」

三井に明るい声で言われ、瞬太は幸せな気持ちでいっぱいになった。

「部活大変そうだね。例の文化祭用の作品？」

「そうなの。ずっと作ってるんだけど、なかなか売れそうなものができなくて。ただ作品を展示するだけなら、自分で好きなように作ればいいんだけど、百円とか、二百円とか、お金を出して買ってもらえるものに仕上げなきゃってなると、結構プレッシャーで」

「そっか、展示するだけじゃなくて、販売するんだっけ」

「うん。せっかくきれいな形のお皿ができた！って思っても、焼き上がってみたら、色がイメージと違ってたりして。でもたまに、予想とは違うけど、これはこれで素敵かも？っていう色が出たりして、すごく面白いんだよ」

三井は泥のついた顔で、楽しそうに笑う。

「あっちのテーブルにいっぱいコーヒーカップや湯呑みが並んでるけど、あれも売り物なの？」

「ううん、あれはね、箏曲《そうきょく》部との合同企画で喫茶コーナーをやることになったから、そこで飲み物を出す時に使うの。お琴を聞きながらのんびりお茶を飲んでいってもらうんだって」

「合同企画もやるんだ。面白そうだね」

「いずれは華道部の花器や茶道部のお茶碗も全部陶芸部で作ってみせる、って、先輩たち息まいてるんだよ。すごいでしょ」

三井が楽しそうに笑うと、ふわふわした髪からシャンプーのいい匂いがただよってきて、瞬太はくらくらする。

祥明の祖父に言われた通り、とにかくキツネはいい匂いの女の子に弱いのだ。

もちろんそれだけじゃない。一所懸命な時の三井の顔とか、か弱そうに見えて意外にさばさばしたところとか、好きなところはいっぱいある。

「あの……あのさ、三井、おれ……おれ、その……」

「え？」

三井の大きな瞳が、瞬太の言葉を待っている。

「三井の……」

言え、言うんだ、おれ！

二人きりになれるチャンスなんて、そうそうあるもんじゃないぞ!?

補習だってもう終わりなんだから！

「こと……うっ」

しまった、もたもたしているうちに、目や耳がむずむずしてきた。

このままじゃ、キツネに変身してしまう。

「沢崎君……？」

三井が不思議そうな顔をしている。

……だめだ……！

「……三井の皿、一枚、予約していいかな？」

ぜいぜいと肩で息をする。

ああ、今日も言えなかった……。

自分のキツネ体質がこんなにうらめしかったことはない。

「お皿？」

三井はちょっとびっくりしたようだったが、その後、ぱっと破顔した。

「本当に!?　ありがとう！　沢崎君に似合いそうなかわいいお皿を作るね！」

そう答えた三井がすごく嬉しそうだったから、まあ、いいか。

八

土曜日はどんよりとした曇天だった。いつ降りだしても不思議のない雲行きである。念のため、会場であるタクシー会社の駐車場には商店街のテントをはって、もし雨になっても祭壇や売店が濡れないようにした。結局、なんだかんだで、ビール以外にも餃子、カレー、ピザなどの出店が並び、祈禱というよりは夏祭りの風情《ふぜい》である。

「これじゃ、出店と祈禱のどっちがメインかわからないな」

祥明は苦笑いをうかべながらも、せっせと祭壇に御幣《ごへい》や塩、酒、米などを並べていく。

「今日は御幣が多くないか？　っていうか、祭壇の配置そのものがいつもと違うような？　祭壇の前にござなんか敷いちゃってるけど、あそこに座るつもり？」

「おや、キツネ君、よくわかったね」

「いくらおれでも、そのくらいは見ればわかるよ」

「派手にしてくれっていうリクエストをいただいたから、ご期待に応えて、いつもと違うことをしてみようと思ってね。といっても、普段の祈禱を知っているのはキツネ君だけだから、他の人にはわからないだろうけど」

「へー」

「あ、いたいた」

かわいらしい声とともに、瞬太の鼻をくすぐる甘い、いい匂いが後ろからただよってきた。大急ぎで振り返ると、ちょっと離れたところに立っている三井が、手をふりながらにこっと笑っている。

その隣でテントをのぞいているのは、倉橋怜《くらはしれい》だ。

「み、三井、本当に来たんだ」

「うん、祈禱を見るのは初めてだから、すごく楽しみ」

今日は珍しく私服姿だ。白いふわっとしたチュニックに、ジーンズ地のショートパンツをはいている。いつにもまして、一段とキュートである。

「あたしは午後から剣道部の練習があるから、あんまり長居できないんだけどね」

そう言う倉橋の手には、しっかりピザが一切れ握られている。このまま学校に行くつもりなのか、明るいサックスブルーのブラウスに紺のネクタイ、スカートという制服姿だ。

「おや、お嬢さんがた、いらっしゃい」

祥明はにっこりと営業スマイルをうかべた。

「こんにちは、店長さん」

「こんにちは。まだ十分まえなのに、けっこう見物の人いますね」

「おや、いつのまに」

おいしそうな匂いのおかげか、江美子の宣伝の効果か、駐車場にはもう五十人を超える人が集まっていた。

「ショウ、準備が終わったのなら、一緒に写真いいかな?」

祥明ファンの女性がカメラを片手に声をかけてきた。

「ああ、かまいませんよ」

一人に了承すると、次から次へと女性たちがおしよせてきて、気がつけば瞬太はカメラ係になっていた。イベントの時はいつもこの調子なので、別に不満はないのだが、あいかわらずたいした人気だとあきれずにはいられない。

「あー、あたしもカメラ持ってくればよかったなぁ」

そう言いながらも、三井もしっかり携帯電話を瞬太に手渡し、「ここを押すだけだから、よろしくね」と、かわいい笑顔をうかべたのであった。

時間になると、祥明は観客たちの前にでて、おもむろに宣言した。

「それではこれより、泰山府君の祭をつとめさせていただきます。泰山府君はかの閻《えん》魔《ま》大王のもとで人の寿命を管理している神様で、平安時代には、長寿を願い、あるいは寿命を他の人と入れ替えたり、死者をよみがえらせたりする目的で、盛んにこの祭りがおこなわれていたそうです。本日はこの森下通り商店街のみなさまのご長寿を祈願させていただきます」

宣言通り、祥明はいつもと違う祭文を唱《とな》えはじめた。

どういうことだ？　泰山府君？　ご長寿祈願？　商売繁盛の祈禱をする予定じゃなかったのか？

瞬太は不審に思うが、江美子は井戸端会議の真っ最中らしくて、祥明の祈禱など聞いていないようだ。

商店街の会長は、役員席の中央にどーんと陣取っているので、話しかけに行きづらい。

お客さんたちは、ピザやビールを片手に、珍しそうに見物している。もちろん、熱心な祥明のファンたちはカメラ持参で来ているので、撮影に余念がない。

特に誰も疑問に思っていないようだし、まあいいか。

盛大な拍手につつまれて儀式が終わると、裕弥が祥明のもとに走ってきた。

「店長さん、今日がおじいちゃんの誕生日だって知ってたの？」

「ええ、先日ビール祭りでお店にうかがった時に聞きました。七十歳だそうですね。おめでとうございます」

「ありがとう。もしかしてさっきの長寿のお祈りは、おじいちゃんのために……？」

「ええ。今日は裕弥君のおじいちゃんのバースデーパーティーですよ。楽しんでくださいね」

「うん」

裕弥は嬉しそうにうなずくと、祖父母のもとへ戻っていった。

「やるじゃん、祥明。でも勝手に商売繁盛から長寿祈願に内容を変えちゃってよかったのか？」

「もちろん昨夜、会長さんにおうかがいをたてたさ」

「なーんだ、そうだったんだ。びっくりしたよ。でも、商売繁盛じゃなくちゃ困るって反対されなかったの？」

祥明はどことなく不機嫌そうな顔をしている。

「反対どころか、あっさり快諾された」

イベントで人集めをしてくれるのなら、祈禱の内容は何でもいいと言われたのだ。商売繁盛など全然あてにされていなかったらしい。

「……不満なのか？」

「別に。おれの祈禱が期待されてないことは最初からわかっていたことだし。どうせ一番バッターだからな」

祥明は祖母そっくりのしぐさで肩をすくめた。

国立では、空の三分の一ほどが青く、あとは灰色の雨雲におおわれていた。風がないのでじっとりと蒸し暑い。

みどりは三分ほどためらった後、ようやく門柱のチャイムを押した。

「こんにちは、沢崎みどりと申します」

玄関にあらわれた柊一郎に、丁寧に頭をさげる。

「瞬太君のお母さんですか？」

「はい。先日はうちの瞬太がお世話になりました」

「いやいや、お世話になったのは僕の方ですよ。ここでは何ですから、どうぞお上がりください」

みどりは柊一郎の書斎に通された。

「それで、昨夜電話で言っておられた写真というのは？」

「こちらです」

みどりはＡ４サイズの紙にプリントアウトした写真を見せた。

ケーキをかかえたパジャマ姿の少年と、数名の看護師がうつっている。

「若いナースからもらった写真なんですけど……。たまたまこの男の子が誕生日の時にとった写真に、彼もうつってたんです。この、すみっこにうつっている男性です。小さいので見にくいとは思いますが……」

「ふむ」

柊一郎は拡大鏡を使って、しげしげと写真の男性を観察した。年齢は三十代くらいだろうか。Tシャツにスウェットパンツをはいている。赤茶色のふわふわした髪。鼻とその周辺には絆創膏《ばんそうこう》でガーゼをはっている。

「つり目ですね」

「はい」

みどりは緊張して柊一郎の返答を待つ。

「だけど、篠田には全然似ていません。あいつはもっと目が細くて、和風というか、地味な顔立ちでした」

柊一郎は写真をみどりに返した。

「そうですか……」

みどりは小さく息を吐くと、写真を折りたたんで、バッグにしまう。

「がっかりさせてしまいましたかな。お役に立てず申し訳ない」

「いえ、そんな」

みどりは慌《あわ》てて首を横にふった。

「うちの病院に入院していた患者さんが、昔、安倍さんと友達だったなんて、そんな偶然あるわけないって、自分でも思ってました。ですから、確認できて、ほっとしています」

「それにしては、すっきりしない顔をしておられますな」

柊一郎に目をのぞきこまれて、みどりは軽く唇をかんだ。

「実は自分でもよくわからないんです。この人に、化けギツネであってほしいのか、そうでないのか。……瞬太の本当の親の手がかりをつかみたいのか、つかみたくないのか……」

もしも瞬太が実の親と暮らすことを望んだ時、自分は笑顔で送りだしてやれるだろうか。そのことを想像しただけで、胸がつぶれそうに苦しくなる。

「その患者さんについてあなたが調べているということを、瞬太君は知っているんですか？」

「いいえ、瞬太にはまだ何も言っていません。患者さんの個人情報を調べるなんてとんでもない、って、偉そうに瞬太に言ってしまった手前、こっそりあたしが調べているなんてとても言えなくて」

「なるほど」

「それに、この人が化けギツネかもしれないっていうのはただのあたしのカンで、何の証拠もありません。だから、へたに瞬太に期待させておいて、やっぱり違っていたら、すごくがっかりするんじゃないかって……。そもそも、このまま引っ越し先がわからずじまいで終わるかもしれませんし」

「ずっとこうやって、忙しい仕事の合間をぬって手がかりを探しているんですか？全部徒労に終わることを覚悟の上で？」

「ええ。でも、それはそれでいいんです。今、思いつく限りのことをしておけば、あの時もっと調べておけばよかったって、先々になって後悔しないですみますから。瞬太のために、できることは全部しておいてやりたいんです。半分はあたしの自己満足なんですけど。瞬太って本当に、高校生にもなって、寝てばっかりののんきな子だから、何かせずにはいられなくて。こういうのも親ばかって言うんでしょうか？」

「間違いなく重症の親ばかでしょうな」

一瞬の間をおいて、二人はクスクスと笑いはじめた。

「大丈夫。会える運命だったら、無理に探さないでも必ず会えますよ」

柊一郎がさらりと、だが、自信に満ちた顔で言うと、みどりは少しばかり驚いて目を見はる。

「そういうものでしょうか?」

「会えなかったとしたら、それは会うべき人ではなかったっていうことでしょう」

「……そうかもしれませんね」

みどりはこくりとうなずいた。

第三話

呪いのマンションの化けギツネ

一

あれほど酒屋を、そして陰陽屋《おんみようや》を悩ませた戻り梅雨《つゆ》もようやく終わり、例年通りの猛暑がやってきた。毎日、人間の体温と同じくらいまで気温があがり、ビールもアイスもエアコンも売れまくっている。

瞬太《しゅんた》は、補習が終わって三井《みつい》に会う機会がなくなってしまったのだが、そのかわり午前中いっぱい惰眠をむさぼれるようになった。昼食をとってからのんびりと陰陽屋へでかける。

仕事はいつも通り、お客さんの案内やお茶くみなどだ。陰陽屋の前を掃くのは、午後六時をすぎてからでいいということになった。昼間だとあまりにも汗がだらだら流れるので、見苦しくて仕方ないからだ。

といっても、六時をすぎても、七時をすぎても、やっぱり八月の夜はじっとりと蒸し暑いのだが。

「瞬太君、今日もバイトか。夏休み中なのにえらいな」

　ほうきを動かす手をとめて瞬太が顔をあげると、槇原秀行《まきはらひでゆき》が立っていた。珍しく女性連れである。

　筋肉質というほどではないが体格のいい女性で、瞬太より少し背が高い。年齢は二十代後半くらいだろうか。ゆるいウェーブをえがく明るい茶髪に、ばさばさした長いまつげ。ふわっとすそのひろがったかわいいワンピースに、細いかかとのミュール。甘い香水の匂い。

「あれ、槇原さん、いらっしゃい。このまえは道案内ありがとう。その人は妹？　従妹《いとこ》？」

「妹の倫子《みちこ》なんだけど、やっぱりわかる？」

「うん、何となく似てる。はじめまして、沢崎《さわざき》瞬太です」

　瞬太はぺこりと頭をさげるが、倫子は目をまん丸に見ひらいたまま、まじまじと瞬太を見ている。

「おい、倫子」

「あ、こ、こんばんは。妹の本間《ほんま》倫子です。あの、そのふかふかでもふもふの耳と尻尾《しっぽ》は……？」

「偽物《にせもの》なんだって。よくできてるだろ？」

瞬太にかわって槙原が答える。

「なんだ、偽物なのね」

「うん。つけ耳につけ尻尾、目もコンタクトを入れてるんだよ」

「そっか、びっくりした。耳をもふもふしてもいい？」

「ええと、つけ耳がはずれるといけないから、さわられるのはちょっと……」

あんまりもふもふされて、本物の耳だとばれては困る。

「えー、残念。でもすごくよくできた耳ねぇ」

「びっくりするのはまだ早いぞ、倫子」

「え？」

「瞬太君、ヨシアキは店にいる？」

「うん。どうぞ」

瞬太はほうきをかかえたまま階段をかけおり、黒いドアをあけた。

「お客さんだよ」

瞬太は店内にむかって声をかける。

「いらっしゃいませ、陰陽屋へようこそ。……なんだ、秀行か」

祥明《しょうめい》は出迎えて損したと言わんばかりである。

「なんだとはひどいな。今日は客だぞ」

「ヨシ兄さん!?　その格好……その髪……陰陽師《おんみょうじ》のお店をひらいたとは聞いてたけど、陰陽師を雇ったんじゃなくて、自分で陰陽師になったんだ……!」

祥明の陰陽師姿を見慣れている兄と違い、倫子は驚きをかくせない。

「あれ、倫子ちゃん？　久しぶり。きれいになったね」

「あ、ありがとう」

どぎまぎした様子で、倫子はぽっと頰《ほお》を染めた。

「せっかく来たんだし、何か占いでもする？　祈禱《きとう》やお祓《はら》いもやってるけど」

「占いがいいな」

「じゃあ奥のテーブルにどうぞ」

祥明は倫子に椅子をすすめた。槙原はとっくに腰をおろしている。

「何を占おうか？　一般的な運勢でいいのかな？　恋愛とか金運とか、特に気になってることとってある？」

「実はあたし、去年結婚したんだけど……」

突然倫子の表情がけわしくなった。

「離婚することにしたから、離婚届をだすのに縁起の良い日を占ってもらおうと思って。やっぱり友引はやめた方がいいかしら?」

「はあ⁉」

祥明はあきれ顔である。

「何を言ってるんだ倫子！　頼む、何とか倫子と聡士《さとし》君を仲直りさせてやってくれよ、ヨシアキ」

「どっちも無理だな。離婚に縁起の良い日も悪い日もあるわけないし、夫婦間のトラブルに口をはさむ気もない。仏滅でも大安でも好きな日に離婚してくれ。それじゃあお疲れさまでした」

面倒に巻き込まれそうな気配を感じたのだろう。祥明はさっさと二人を追い返そうとした。

「そうは言うが、倫子と聡士君がこんなことになったのも、すべておまえのお母さんのせいなんだぞ！」

「えっ⁉」

祥明の顔に狼狽《ろうばい》の色がうかぶ。

「聡士君とけんかをして実家《うち》に帰ってきていた倫子に、そんなひどい男とはさっさと離婚した方がいい、とか、離婚して再婚するなら若い方がいい、どうせならヨシアキのお嫁さんになってくれればいいのに、なんて、おばさんが火に油をそそいだんだよ」

「そんなことを……」

うーむ、と、祥明はうめいた。

「たしかにあの母なら言いかねないが……。倫子ちゃん、うちの母の口車に乗せられて離婚なんて、そんな軽はずみをしちゃだめだろう」

「そうだよ！　祥明は貯金が五十一円しかないんだよ⁉」

「おまえは黙ってろ」

祥明は扇をひらいて瞬太の口をふさいだ。

「べ、別に、本気でヨシ兄さんと再婚しようとか、できるとか、思ってるわけじゃないわよ」

倫子は赤く染まった頬をぷっとふくらませてうつむく。

「うちに帰ってきた時から、もう、離婚は考えてたし」

「じゃあ倫子ちゃんが離婚しても、うちの母のせいじゃないな」

祥明はほっとした表情で椅子に腰をおろし、指貫《さしぬき》をはいた長い脚を組んだ。

「だが決心を固めさせたのはおばさんだ」

「それは言いがかりじゃないのか？」

祥明は頬杖をついて、面倒臭そうに顔をしかめる。

「幼なじみとして、いつもおばさんの被害にあっている者同士として、もうちょっと親身に倫子のことを考えてやってくれよ。倫子もおまえの言うことなら聞くからさ」

被害にあっている者同士、という言葉が祥明の心にひびいたようだ。ふむ、と、うなると、腕を組んだ。

「じゃあまあ一応聞くけど、そもそも夫婦げんかの原因は何だったの？」

「聡士の浮気よ」

「ありがちだな。まあ男は浮気する生き物なんだよ。我慢できないんだったら離婚するしかないね」

祥明はさくっと結論づけた。

「いや聡士君は浮気するようなタイプじゃないから。すごく真面目《まじめ》な男なんだよ。きっと倫子の勘違いだ」

急いで槙原が反論する。

「倫子ちゃん、旦那さんが浮気してるって証拠はあるの？　携帯のメールを見たとか」

「証拠はないけど……。でも、最近、週末しか家に帰ってこないし、帰ってきても、すぐに出かけちゃうし。本人はずっと仕事で会社に泊まり込んでるんだって言うけど、決算期でもないのに、そんなわけないじゃない。それで、このまえ、あなた浮気してるんじゃないの？って問い詰めたら、そんなに俺が信用できないのか!?って怒鳴りはじめちゃって。あやしすぎでしょ!?」

「本当に仕事が忙しいのかもしれないじゃないか。聡士君を信じてやれよ」

「念のため聡士と同じ課の人に聞いたけど、別に忙しくないって言ってたもん」

倫子はぷいっと顔をそむけた。

倫子と聡士はもともと職場恋愛だったので、倫子が結婚して家庭にはいった今でも、夫の同僚の半分以上は知り合いなのだという。

「つまり仕事が忙しいわけでもないのに、家に帰らない、と」

「どう考えても浮気でしょ⁉」

「それはどうかな。夜な夜なキャバクラに通っているのかもしれないし、一晩中飲んだくれたり、賭けマージャンをしているのかもしれない。あるいはアイドルの追っかけをしているのかもしれないぞ？」

「それ、どれにひっかかっても最悪だな」

瞬太があきれかえった顔で言うと、槙原も同意した。

「もうちょっとましな例をあげろよ」

「まあ、とにかく、あとは興信所に頼んでくれ。有利な条件で離婚するためにも、証拠はおさえておいた方がいいと思うぞ。じゃ、健闘を祈る」

「ヨシアキ」

槙原は祥明の正面にまわり、両肩をがしっとつかむ。

「何だ？」

「おまえ、そんなに倫子を離婚させたいのか？」

「別にそういうつもりじゃ……」

「ヨシ兄さん、やっぱりあたしのことを……!?」

倫子が期待に満ちた眼差《まなざ》しを祥明にむける。

「おれとしてはこんな男に大事な妹を嫁がせるのは気がすすまないが、お母さん公認だしな」

「待て待て待て！」

祥明は慌てて立ち上がった。

「わかったから。えー、旦那さん……聡士さんだっけ？　そっちの言い分も聞いてみようか」

槙原兄妹の見事な連係プレーによる勝利であった。


その夜、暗い顔で祥明がベッドにつっぷしていると、祖父の柊一郎《しゅういちろう》から電話がかかってきた。

「また秀行君から、優貴子《ゆきこ》がいない時におまえに連絡するように頼まれたんだが、何かあったのかね？」

「大ありですよ」

祥明は、ふーっ、と、ため息をついた。

「今日うちの店に秀行と倫子ちゃんが来たんですが、うちのお母さんが、別れるなら早い方がいいとか、倫子ちゃんをけしかけるようなことを言ったっていうのは本当なんですか？」

「ああ、そのことか。優貴子はかなり面白がっていたよ。他人の不幸は蜜の味くらいに思っているらしい。困ったものだね」

困ったものだと言いながら、柊一郎の口調も、どことなく面白がっているふしがある。

「おかげでこっちは、とんだとばっちりですよ。倫子ちゃんに、うちに嫁に来いなんて言ったのも面白がってからかったんですね？」

「それはちょっと違うな。どうせいつかヨシアキがお嫁さんをもらうのなら、倫子ちゃんがいいと言ってたから、真面目な話だよ」

「お母さんはそんなに倫子ちゃんがお気に入りでしたっけ？」

祥明は首をかしげる。

「うむ。優貴子に言わせると、お嫁さんが自分より若いのは仕方がないとしても、自分より美人だったら気分が悪いから、倫子ちゃんくらいが丁度いいそうだ」

「あのばか母…………！」

祥明は心の底から倫子にわびた。

二

土曜日。

槙原に連れられて、今度は聡士が陰陽屋にやってきた。

細い身体《からだ》に夏物のスーツを着た、優しそうな男性である。年齢は二十五、六だろうか。少し頬がこけているせいか、やつれているようにも見える。

「あの、お義兄《にい》さん、この子の耳はいったい……!?」

まず店の前で瞬太を見て驚き、さらに、店の中で祥明を見て硬直する。

「あ、あの……」

「いらっしゃいませ、陰陽屋へようこそ」

「はあ……」

祥明を前にして、キュッと眉をひそめた。

「あやしい格好をしてるけど、おれの幼なじみだから。大丈夫」

「お義兄さんがそう言うのなら……」

口ではそう言いながらも、「こんなうさん臭いやつに相談して大丈夫なのか？」と大きく顔に書かれている。

「奥の席、あいてる？」

「ああ、どうぞ」

「本間聡士です。よろしくお願いします」

槙原にうながされ、聡士と祥明も腰をおろした。聡士から警戒心がにじみでているせいか、なんとなく空気が重い。

「本間さん、率直にお尋ねしますが、浮気をしておられますか？」

世間話で場をなごませるのは無理だと判断したのだろう。祥明はいきなり本題にはいる。

「してませんよ。倫子が勝手に思い込んでるだけです」

聡士は神経質そうに前髪を直した。

「でも平日は全然家に帰らないそうですね」

「それは、仕事が忙しくて、職場に……」

「泊まり込んでいる、という嘘は、とっくにばれていますよ。倫子さんがあなたと同じ課の方に確認したそうです」

　聡士は、チッ、と、小さく舌打ちする。

「家にも会社にもいないとなると、浮気相手の家にころがりこんでるんじゃないか、と、倫子さんが疑うのも無理はないでしょう？　私は別にあなたを責める気はありませんし、離婚したいのならすればいいと思っていますから、事情があるのならお話しいただけませんか？」

　祥明はいかにも誠実そうな、真剣そのものといった表情をつくりあげている。

「煙草《たばこ》を吸ってもいいですか？」

「どうぞ。キツネ君、灰皿を」

　聡士はポケットから煙草とライターを取りだすと、火をつけた。フーッ、と、白い煙を吐きだす。

「倫子と顔を合わせるのが嫌で、ずっと会社の近所の漫画喫茶に泊まってました。嘘じゃないですよ。この会員カードが証拠です」

聡士が財布からだした紙の会員カードには、ほぼ毎日、スタンプが押されていた。スタンプ欄がいっぱいになると割引サービスになるという、ドラッグストアやクリーニング屋でよくあるタイプの会員カードだ。

「すげぇ、ラジオ体操だったら皆勤賞を狙えるな」

瞬太は感嘆の声をあげる。

「最近の漫画喫茶はシャワーもついてるし、簡単な食事もとれるし、パソコンも使えて、実に快適だからね」

「えー、でも、布団でゆっくり寝た方が気持ちいいだろ?」

瞬太の問いに、聡士はうなずいた。

「まあね。倫子がでていってからは、マンションに帰ってるよ」

「倫子さんと顔を合わせたくないのは、けんかをして気まずいからですか?」

「そのまえからです。結婚して、一、二ヶ月たった頃からかな……。マンションに帰ると、いつも倫子の機嫌が悪くて、イライラしてるんですよ。それで、何となくマンションに帰るのがおっくうになって、居酒屋や漫画喫茶をはしごしてから終電で帰宅したりしてたんですけど、そうすると、帰りが遅いって、また、倫子に文句を言われて。悪循環ですね。うるさいって怒ると、あいつ、ヒステリックにわめきだすし。とうとう面倒臭くなって、漫画喫茶に泊まり込むようになってしまいました」

「たしかに悪循環ですね。倫子さんがいつも不機嫌でイライラするようになった理由に心あたりはありませんか？」

「こっちが聞きたいですよ。結婚まえはもっと明るくてほがらかで、かわいい女だったんですけどね……。結婚した途端性格がかわっちゃって、だまされた気分です。最初は慣れない主婦業でストレスたまってるのかな、って、気をつかってたんですけど、だんだんこっちも疲れて嫌になっちゃいました。倫子が離婚したいって言ってるなら、それでもいいです。ただし、僕は浮気とか全然してないんで、慰謝料は一切払いませんよ」

聡士は一気にまくしたてた。

「聡士君、ちょっと落ち着いて」

槙原がなだめる。

「すみません、ここのところ蒸し暑いせいか、いろいろ疲れてるんで」

煙草を灰皿におしつけて消すと、麦茶をぐいっと飲み干す。

「それじゃあ僕はこれで。お義兄さんはどうぞごゆっくり」

聡士は言いたいだけ言うと、さっさと陰陽屋からでていってしまった。

「なあ、秀行。聡士さんは、倫子ちゃんがいつも不機嫌でイライラしてるから家に帰りたくなくなったって言ってたけど、本人も相当イライラしてなかったか？」

「うーん、聡士君、まえはああじゃなかったんだけどなぁ……。もともと繊細なたちではあったけど、あんなにスパスパ煙草を吸ったり、つっけんどんな話し方をしてるのを見たのは初めてだよ。倫子にでていかれて、その兄のおれに事情を聞かれてるんだから、緊張してたのかな？」

「緊張なのか……？」

祥明は首をかしげる。

「逆に、このまえうちの店に来た倫子ちゃんは、それほどイライラしてはいなかったな。ご機嫌うるわしくもなかったが」

「そういえば、倫子も帰ってきたばかりの頃はピリピリしてたよ。最近は落ち着いてるけど。まあ今は毎日うちでごろごろしてるだけだし、緊張がとけたってことなのかな」

「夫婦でイライラしてるって、何が原因だ？　カルシウムが足りてないのか？」

「うーん……？」

槙原と祥明は頭をかかえた。

「ともかく、聡士さんが浮気をしているという疑惑は否定されたんだから、おまえの望み通り、仲直りにもっていけるんじゃないのか？　浮気だ離婚だって強硬に主張してるのは倫子ちゃんだけのようだし」

「そうか。そうだな。早速、明日、倫子を連れてくるから、マンションに帰るよう説得してくれ」

「なんでおれが。そもそも明日は日曜で、定休日なんだよ」

「……やっぱり倫子を離婚させたいのか……？　おまえのお母さんが言う通り、倫子を離婚させて……」

槙原が上目づかいに祥明の顔を見る。

「あー、わかったわかった、わかりました。ほんっとうに母が迷惑をかけてすみません」

祥明は渋い顔で、いまいましそうに答えた。

三

翌日。

槙原は本当に倫子を陰陽屋へ連れてきた。二日連続で呼びだされた聡士とともに、無言で小さなテーブルをかこむ。

定休日なので、瞬太と祥明はお仕事スタイルではなく洋服である。本当は瞬太は来ないでもよかったのだが、聡士と倫子が気になって、ついつい顔をだしてしまったのだ。

逆に槙原は、柔道教室の手伝いがあったのに、他の先生にかわりを頼み込んで、休みをもぎとってきたらしい。

「あのー、お茶をどうぞ」

瞬太が冷たい麦茶を持って行くが、倫子と聡士は何も言わないし、麦茶に手をのばそうともしない。

「お、ありがとう。今日も暑いから助かるよ」

槙原だけがべらべらしゃべっているが、少々からまわり気味である。

気まずいなぁ……

お盆を胸にかかえて、瞬太は心の中でため息をついた。

「それで、あたしに見せたい物って何なの？」

「ああ、そうそう。百聞は一見にしかずだ。聡士君、昨日のカードを倫子にも見せてやってくれ」

「はい」

槙原に言われて、聡士は例の、漫画喫茶の会員カードをテーブルの上に置いた。

「何これ……漫画喫茶……？」

「倫子、聡士君は浮気で家をあけてたわけじゃなくて、漫画喫茶に泊まってたんだよ」

「えっ⁉」

倫子は驚きの声をあげた。

「浮気なんかしてなかったんだ」

「でも、どうして？　そんなに読みたい漫画があったの？」

「それもあるけど……」

聡士は昨日の説明を繰り返した。

「マンションに帰っても、帰宅時間が遅い、メールの連絡が遅い、家事をもっと手伝え、テレビばっかり見てる、そんなところに靴下を脱ぐな、もっと自分の話を聞けって、とにかく文句を言われるばっかりだから、漫画喫茶でゆっくり漫画を読んでる方が楽だったんだ」

フーッ、と、白い煙を吐きだす。

「あたし、そんなに怒ってた……？」

「うん。いつも眉間《みけん》にギュッとしわをよせて、怖い顔してた」

「それは、聡士が浮気してると思い込んでたから……」

「帰りが遅くなると、浮気と勘違いされてイライラされ、イライラされるとさらに帰りが遅くなる。ニワトリと卵ですね」

祥明が肩をすくめた。

「ま、でも、浮気疑惑がとけたのなら、離婚する理由もなくなったんじゃありませんか？　それとも、他に、どうしても離婚せずにはいられないような理由はありますか？

か？」

「うーん……どうしてもって言うほどじゃないけど……職場に泊まるって嘘つかれたのがなんだか……」

倫子は釈然としない様子である。

「あたしに言いたいことがあるのなら、ちゃんと言ってほしかった」

「つまらない嘘をついたのは僕が悪かったよ。でも、君がいつも怒ってるからマンションに帰りたくないなんて言ったら、きっと逆上されると思ったんだ」

「それは、でも、聡士が……」

「またニワトリ卵ですね」

倫子は何か反論しようとしたが、さっさと祥明が打ち切った。

「嘘をついたのは悪かった、と、聡士さんも認めて謝っているんだし、赦《ゆる》してあげたら？」

「えー……」

「今の状況で離婚したって、倫子ちゃんには何の得もないよ？　慰謝料もとれないし、引っ越しのお金がかかるだけだ。再就職先だって探さなきゃいけない」

「それは、そうだけど……」

「おれにめんじて赦してあげてよ、倫子ちゃん」

理詰めで説得するのが面倒になったのだろう。祥明はついに、営業スマイル攻撃にでた。

「倫子ちゃんは優しいから、赦してくれるよね？」

じっと倫子の目を見つめて、甘い声をだす。

久々にでた。ホスト商法だ。

もし倫子の夫が目の前にいなかったら、手を握って、耳もとでささやいていたところだ。

何度見てもあまりのこっぱずかしさに、瞬太は身体中《からだじゅう》がむずがゆくなる。

「……もう、ヨシ兄さんってば」

倫子は耳たぶまで赤くなって、目をふせた。

「わかったわよ。赦せばいいんでしょ」

倫子は夫の方をむいて、頭をさげた。

「あたしの方こそ浮気だなんて早合点《はやがてん》してごめんんね。本当は聡士君が浮気なんかするわけないって信じてた」

ええっ、突然何を言ってるんだ⁉

話が違うよ⁉

瞬太は大声で叫びたいのを、ぐっと喉《のど》もとで飲み込んだ。

「あたし、自分では気がついてなかったけど、慣れない家事で疲れてたのかも。怒ってばっかりでごめんね」

倫子が謝ったことで気がすんだのだろう。聡士も倫子に頭をさげた。

「僕もちゃんと早く家に帰るようにするよ」

「今夜からマンションに帰るね」

「うん」

拍子抜けするほどあっさりと二人は仲直りしたのである。

「さすがヨシアキ、本当に助かったよ！」

槙原は涙を流さんばかりの感激ぶりである。

「また何かあったらよろしく頼む」

「二度と来るな」

祥明は邪険にはねのけた。

こうして離婚の危機は回避された、かと思われた。

四

二日後の火曜日。

祥明は苦虫《にがむし》をかみつぶしたような渋い顔で腕組みをし、大きなため息をついた。炎天下、槙原が倫子を連れてまたもや陰陽屋にあらわれたのである。なんとこの五日間で四回目の来店だ。

瞬太がお茶をいれるために休憩室へ行こうとすると、祥明は、「お茶なんか出さないでいい」と、不機嫌そうな声で言った。

「よくもまあこうちょくちょくうちに顔をだせるな。コンビニのバイトってそんなに暇なのか？」

「そう怒るなよ。バイトは夜中のシフトにかえてもらったんだ。時給もいいし」

槙原はバッグから冷たい缶コーヒーをとりだした。ちゃんと四本ある。

「はい、瞬太君は砂糖がいっぱいはいってるやつ」

「ありがとう」

「で、今度はどうしたんだ？」

「昨夜倫子がまたうちに戻ってきたんだ……」

　暗い声で槙原が言った。

「それは見ればわかる」

「やっぱりだめ！　聡士とは暮らせない！　もうあのマンションには戻りたくない！」

　倫子は叫ぶと、はらはらと泣きだした。瞬太は慌《あわ》てて休憩室にティッシュをとりに行く。

「またけんかになったらしいんだ」

「だめなの、やっぱりニコニコなんかしてられないの。そもそも聡士が仕事で疲れてるとか言ってあたしの話を聞いてくれないし、一所懸命作った晩ご飯は残すし、ちょっとでも部屋が散らかってると小姑《こじゅうと》みたいに文句を言うし、あたしがムッとした顔をすると、ほらみろやっぱり怒ってるって言うのよ。怒ってるのはあなたでしょ、って言い返すと、どんどん険悪になって、結局大げんかになっちゃう」

「どうもよくわからないが……それくらいのことなら、どこの夫婦でもしばしばあることじゃないのか？」

「まあ、ここのところうちでゴロゴロしてたから、久々に家事をやって疲れたんだろう。三日もたてば慣れるさ」

「そういう問題じゃないわ！」

瞬太がさしだしたティッシュを受け取ると、倫子は洟《はな》をかんだ。

「ちゃんと落ち着いて聡士君と話し合ったのか？」

「無理よ、聡士だってずっとムスッとして煙草を吸いまくってるし」

「そこをなんとか……」

「きっとあのマンション、呪われてるのよ！　隣の部屋の人も、上の部屋の人も、みんな一、二年で引っ越していくし」

倫子は突然、マンションを攻撃しはじめた。三人の男たちは、あっけにとられる。

「人が死んだとかいうのならともかく、人がすぐ引っ越すから呪われてるっていうのはおかしいだろ？」

兄の言葉に、倫子は首を激しく左右にふった。

「だってあそこのマンションで幸せそうな夫婦とか家族とか、全然見かけないもん！」

「気のせいじゃないか？」

「少なくともうちはとっても不幸よ！」

ティッシュをぎゅっと握りしめて、倫子は断言する。

「おい、ヨシアキ、何とかしてくれよ」

槙原はとうとう自分で説得するのをあきらめ、ひじで祥明をつついた。

「何とかって言われてもなぁ。あんな神経質で気むずかしそうな男、いっそ別れた方がさっぱりするかもしれないぞ？　別に忍耐力をつけるために結婚したわけじゃないだろう？」

「昨日、ヨシ兄さんのお母さんも、同じことを言ってたわ」

「うっ」

祥明の顔がひきつる。

「んー」

祥明は顔の前で扇をひらくと、三秒ほど考えこんだ。

「倫子ちゃんの言うことも一理あるね。そのマンションはおかしいよ」

「えっ？」

どうやら祥明は、マンションに責任をなすりつけることにしたらしい。

「うちの店ではなごやかに仲直りできた二人が、マンションではけんかばかりなんだろう？　しかも他の入居者たちもみな不幸なんだとしたら、本当に何かあると考えてもいいんじゃないのか？」

「やっぱり呪われたマンションってこと……!?」

倫子は、ごくり、と、息をのんだ。

「こんなことを言いたくはないが、たとえば以前そのマンションで不幸な亡くなり方をした人がいる、とかね」

「うちの家賃、別に安くないんだけど……」

倫子は自信なさげに反論した。

自分で呪いのマンションと言っておきながら、他人に言われると、そうそう信じられないものらしい。

「不幸があったのは、お隣の部屋かもしれないよ？」

「えっ!?」

「相当良心的な不動産屋でもない限り、他の部屋での話はしないだろう。いまどきは何かと個人情報の保護にうるさいし」

「そんな……」

倫子の顔がさあっと蒼《あお》ざめた。

「離婚はいつでもできるから、その前に、とりあえず一度マンションでお祓いをした方がいいかもしれないね」

「そうだ、ヨシアキにお祓いをしてもらおう。何せプロなんだから。な、倫子」

槙原はとにかく離婚を阻止したい一心である。

「うん……」

倫子はこくりとうなずいた。

五

翌日は水曜だったが、陰陽屋を臨時休業にして、祥明と瞬太は倫子たちの住むマンションに行くことにした。

場所は国立《くにたち》の隣の立川《たちかわ》市で、立川駅からの距離は五、六分ほど。まだ築五年未満だろうと思われる、きれいな七階建てのマンションだ。

エントランスで倫子が暗証番号を入力し、オートロックを解除すると、瞬太、祥明、槙原の三人もあとについてはいった。エレベーターで三階まであがる。

三〇五号室の前で倫子は立ち止まった。

「ここなんだけど」

倫子が鍵をあけて、中にはいった。

聡士は不在である。平日の昼間なので、仕事だろう。

「どうぞ」

「おじゃましま……う……」

玄関に足を一歩踏み入れた途端、瞬太は真っ青になった。

「こ……これは……」

鼻と口を両手でおさえてかけだす。エレベーターを待つのももどかしく、よろよろしながら階段をかけおり、エントランスホールへたどりついた。

「どうしたんだ、瞬太君!?」

「まさか本当にあの部屋に何かいるのか!?」

驚いて追いかけてきた祥明と槙原が尋ねる。

「あの部屋、変な臭いがする……」

瞬太は鼻をおさえたまま、ううう、と、うめいた。まだ頭がくらくらする。

「そ、外にだして……」

オートロックされたドアのあけ方がわからないので、瞬太はドアに右手をかけたまま、ずるずるとしゃがみこんだ。

槙原が下の方についているつまみをまわして、ドアをあけてくれる。

「あー、ひどい臭いだった……」

瞬太はマンションの外にはいだすと、胸いっぱいに空気を吸い込んだ。道路に面したマンションなので、排気ガスの臭いが混じっているが、あの三〇五号室にこもった臭いよりはましである。

急に祥明が眉を片方つり上げたかと思うと、白いジャケットを脱いで、瞬太の頭にかぶせてきた。

「何を……」

「ひどい顔色だ。熱中症かもしれないから、帽子がわりにかぶっとけ」

「え、おれの具合が悪いのは……」

「目」

祥明に小声で、だが鋭く警告されて、瞬太はぎょっとした。

どうやら耳や目がキツネに変化しつつあるらしい。病気や怪我《けが》などで身体が弱ってくると、人間の形がたもてなくなるのだ。

槙原に見られないよう、瞬太は祥明のジャケットを深くかぶって、頭をかくす。

「瞬太君、熱中症なのか？」

心配そうに槙原がのぞきこんでくるので、瞬太は急いで顔をふせた。

「ええと、そうかも。でも、ちょっと休めばすぐに治るよ」

「念のため、何かスポーツドリンクでも買ってきてくれないか？　水でもいい」

「ああ、そうだな」

人のいい槙原は、祥明の言葉を疑うことなく、自販機を探しに行った。

「目が光ってるぞ。あいつが戻ってくるまでに人間に戻せるか？」

「うん、大丈夫だと思う」

瞬太はこくりとうなずく。

「それにしても、あの部屋、そんなに臭かったか？」

祥明は首をかしげた。

「確かに玄関の芳香剤はちょっときつかったが、キツネに戻るほどひどかったとは思えないが」

「芳香剤だけじゃないよ。革靴の臭いとか、台所の天ぷら油の臭いとか、タバコの吸い殻の臭いとか、壁のペンキの臭いとか、ソファの革の臭いとか、汗がしみこんだ羽布団の臭いとかがいろいろ混じって……うう……頭痛い」

「玄関から羽布団の臭いまでわかるのか。鼻がききすぎるのも困りものだな」

あきれ顔で祥明は腕を組んだ。

「そういえば、人をリラックスさせる香りとは逆の効果をもつ臭いというのも存在すると聞いたことがあるな。逆アロマテラピーとでもいうか。脳のアルファ波が減少するから一目瞭然らしい」

「あー、きっとそれだよ。頭にガーンときたもん」

瞬太は大きくうなずいた。

「もしかして、倫子さんたちがイライラしちゃうのもあの臭いのせいかも?」

「ふむ」

祥明は考え込む。

「おーい、買ってきたぞ」

五メートルほど向こうで、槙原が手をふりながら小走りに近づいてくる。

「もう帰ってきたのか」

「目はどう?」

瞬太は自分の耳をさわって、三角の耳から丸い耳に戻っているのを確認しながら尋ねた。

「大丈夫だ」

瞬太の目をちらりとのぞいてうなずく。

「これでいいかな?」

槙原はペットボトルのふたをあけながら、瞬太に見せた。

「うん、ありがとう。でも、おれ、たぶん熱中症じゃなくて、臭いにあてられたんだと思うんだ……」

「念のため飲んでおけ」

祥明に言われて、瞬太はスポーツドリンクを受け取る。

「キツネ君は臭いで頭が痛くなったと言ってるんだが」

祥明は槙原に、逆アロマテラピーの話をした。

「ふーん、イライラさせる臭いか。だが、それが倫子たちの部屋にあてはまるとは限らないだろう？　瞬太君だって、頭が痛くなっただけで、イライラしたわけじゃないし」

「体調不良になればイライラだってするさ」

「それはそうかもしれないが」

槙原は半信半疑といった表情である。

「じゃあ試しに、ちゃんとあの部屋にはいって、おれたちもイライラするかどうか検証してみるというのはどうだ？　さっきは玄関だけだったからな」

「おれは嫌だ！」

瞬太は深々と祥明のジャケットをかぶった。まるで甲羅《こうら》にこもった亀である。

「おまえはここで待っていろ」

祥明と槙原は瞬太を置いて、三階に戻っていった。

三〇五号室では、倫子が心配そうな顔で待っていた。

「瞬太君、どうしたの？」

「ああ、ちょっと体調が悪いらしくて、外で風にあたってる」

祥明が答える。

「外で？　中で休んだ方がいいんじゃない？　ソファでよかったら……」

「たいしたことはないから、キツネ君のことは気にしないでも大丈夫だよ。ところで、お祓いをするまえに、まずは部屋の様子を見せてもらっていいかな？」

「ああ、もちろん。あたしが実家に帰っていた間、聡士があまり掃除をする時間がなかったみたいで、ちょっと散らかってるんだけど」

「そんなことは気にしないでいいよ。霊的な気配を確認するだけだから」

「そう？」

まずはリビングダイニングに通された。瞬太が言っていた通り、中央には革張りのソファセットが置かれており、革独特のにおいがする。真夏とあって、冷房効率をあげるために窓はすべてきっちりと閉めきられており、どうしてもにおいがこもるようだ。

キッチンはリビングダイニングと対面式のカウンターで仕切られており、料理をしながら家族とおしゃべりをしたり、テレビを見たりできるようになっている。

「……ちょっとペンキの臭いがきついな」

祥明は軽く眉をひそめた。

「ああ、あたしたちが引っ越してくるまえに、全面リフォームをしたみたい」

「なるほどね」

「夏場だし、台所は普通に臭うな……油とか、生ゴミとか」

槙原はクンクンとにおいをかいでまわっている。

「ちょっと兄さん、何を調べてるのよ⁉」

倫子は不愉快そうに声を荒らげた。

「ああ、いや、何でもない。幽霊の気配はないかなーと思って」

「そもそも兄さんは霊感ゼロでしょ」

「ばれたか」

「ヨシ兄さんは修行で見えるようになったの？」

「ん？　いや、まあ、感じる程度かな。あと、間取りを診断することができるよ。鬼《き》門《もん》の配置とかね。北はあっちかな？」

「もう、本当に信用して大丈夫なの⁉」

倫子の眉間に、キュッとしわが刻まれている。十分前とくらべて、明らかに機嫌が悪くなっている証拠だ。

「もちろんだよ。状況は大体わかったから、助手を呼んでくる」

祥明はそそくさと部屋をでた。エレベーターで一階までおりる。

瞬太はエントランス前に座り込んでいた。祥明に気づいて、さっきまで頭にかぶっていたジャケットをさしだす。

「これ、もうなくても平気だから。ありがとな。それで、倫子さんの部屋はどうだった？」

「まあ、臭うといえば臭う。が、普通の人間の鼻だと、気をつけてかいでみればわかるというレベルで、ひどい悪臭ってほどじゃない。だから何となくイライラするけど、臭いが原因だとは思わないんだろう」

「祥明はイラッとしなかった？」

「おれがイライラを感じるまえに、倫子ちゃんがイライラモードにはいってたから、検証する間もなく逃げだしてきたよ。聡士さんがいてもいなくても、あのマンションでは機嫌が悪くなるようだな」

二人が話していると、祥明を追って、槙原もマンションの外にでてきた。

「瞬太君、頭痛は治ったかい？」

「うん、何とか。倫子さんはどう？」

「刻一刻とご機嫌ななめになっていくよ。あれでも祥明がいる間は、精一杯我慢していたらしい。祥明がでていった途端、イライラどころかプンプン怒りだしてまいったね。我が妹ながら、あれはしんどい。家に帰るのが嫌になるっていう聡士君の気持ちがわかったなぁ」

槙原はげんなりした様子で頭をかいた。

「他の部屋の住人も頻繁《ひんぱん》に引っ越していくっていうから、芳香剤やソファだけの問題じゃなさそうだな。マンション自体が、においがこもりやすい間取りなんだろう。あるいは気密性が高すぎる建材を使っているとか」

「設計と建材と生活臭が最悪のコラボを発生させて、倫子と聡士君を離婚に追いこむところだったのか……」

「まさに呪われたマンションだったんだね」

瞬太が鼻をおさえながら、顔をしかめた。

「芳香剤をかえたくらいではどうにもならなそうだし、倫子ちゃんたちも引っ越すのが一番いいんじゃないか？」

祥明の提案に、槙原は、うーん、と、うなった。

「それはそうなんだが、二人にどう説明したらいいんだろう。倫子はあれでけっこう主婦としてのプライドが高いから、部屋の臭いが夫婦げんかの原因だったなんて言ったら、相当傷つくんじゃないかな。下手したらおれたちが逆恨《さかうら》みされる。なにせ機嫌がかなり悪いからな」

「だがこのままだと、離婚か、そこまでいかなくとも、ずるずると別居状態が続くか、どちらかだぞ？」

「それも困る……」

三人は途方にくれて、顔を見合わせた。

「まあ……このまま王子に帰るわけにもいかないし、とりあえず一度倫子ちゃんの部屋に戻って、一言挨拶するか」

「うっ。おれも行くの？　せめて、マスクと消臭剤を……」

瞬太は両手でぎゅっと鼻をおさえた。たしかにさようならも言わずに帰るのは悪いと思うが、耐えられるだろうか。

「ああ、消臭剤か」

祥明は両手で長い髪をかきあげた。耳の後ろのあたりで、手の動きをとめる。

「それだ。倫子ちゃんに内緒で、こっそり消臭剤をまいてみよう。それで倫子ちゃんの機嫌が直ったら原因は臭いで確定だ。こっそりだったら、主婦プライドも傷つかないだろう？」

「わかった。ちょっとスーパー行ってくる」

槙原は再び買い物のためにとびだしていった。

六

十分後。

三人は再び三〇五号室のドアの前に立った。

「倫子ちゃん、やっぱりこの部屋にはたちの悪い霊がついてるよ。キツネ君の体調が悪くなったのもそのせいだ」

祥明はしごく真面目な顔でつげる。

「悪い霊って……瞬太君、本当に？」

「うん」

瞬太は青い顔でうなずいた。

マスクをした上からさらにタオルで顔の下半分をおおっているのだが、それでもじわりと頭痛がする。

「ところで……瞬太君、顔のそのタオルは……？」

「こ、これは……」

「陰陽道《おんようどう》のお祓い用だ。キツネ君は取り憑《つ》かれやすい体質だから、悪い霊が鼻や口からはいらないようにこうやって防護しているんだ」

さすがは祥明。さらさらと嘘をつく。

「本当の本当に霊がいるの？」

「倫子ちゃんだって言ってただろう。他の部屋の人たちも、どんどん引っ越していくって」

「それは、そうなんだけど……」

倫子は口ごもった。いくら大好きな祥明の言うこととはいえ、いざとなると、悪霊などそうそう信じられないものらしい。

「とにかく今すぐお祓いをした方がいい。金は秀行にださせるから安心してくれ」

「兄さんが？」

槙原は一瞬、うろたえたようだったが、ここまできて背に腹はかえられないと覚悟したのだろう。

「おう、おれにまかせとけ」

大きな右手で、自分の胸をたたいた。

「それじゃあ、倫子ちゃんは秀行と廊下で待っててくれ。おれとキツネ君でお祓いをするから」

槙原は、急に倫子が部屋にはいってきたりしないための見張り役である。

「どうしてあたしが廊下にいなきゃいけないのよ」

倫子はムッとした顔で尋ねた。

「お祓いの邪魔だからだ。心配ならお財布や貴重品は持ってでるといい」

「そんな心配はしてないけど……。部屋に変な魔方陣《まほうじん》かいたりしないでしょうね？」

「汚さないから安心して。十分もあれば終わるから」

「まあそのくらいなら……」

「倫子、ヨシアキはプロなんだからまかせよう」

槙原は渋る倫子の腕をひいて、廊下にでる。

「終わったら教えるから、それまでドアをあけるなよ」

祥明は槙原に念を押した。

「わかってる。頼んだぞ」

「ああ」

祥明は玄関のドアを閉めると、なるべく音をたてないように、そっと内側から鍵をかける。

「はじめるぞ」

「うん」

祥明はわざと大声で祭文《さいもん》を唱えはじめた。廊下で待っている倫子に聞かせるためである。

唱えながら、瞬太のデイパックからおもむろに消臭剤のスプレーをとりだし、部屋に散布しはじめた。瞬太も一緒にスプレーをシュッシュッとまいていく。

特に瞬太が気になった革靴や革張りソファ、羽布団、灰皿などは念入りに消臭する。

「子供の頃買ってもらった水鉄砲を思い出すな」

だんだん瞬太は調子にのって、左右の手に一本ずつスプレーを持ち、二刀流でがんがん散布しはじめた。

「おいおい、消臭剤でハイになってるんじゃないだろうな」

祥明は眉を片方つり上げた。

「大丈夫だよ、うひゃひゃひゃ。それより祥明は祭文を唱えないと」

「あ、ああ。せめて窓はあけておくか……」

かくして合計四本分の消臭スプレーを十分たらずで使いきり、部屋の空気はすっかり浄化されたのであった。

最後に、とってつけたように霊符をはりつけておく。

祥明がマンションのドアをあけると、不安そうな顔の倫子と槙原が立っていた。

「待たせたね、終わったよ」

「もうはいってもいい？　ずっと歩き回ってたみたいだけど、いったい何をやってたの？　なんだか変な笑い声が聞こえたような気がするんだけど……」

「ああ、あれか……」

祥明はななめ下をむいた。右手で眼鏡《めがね》のつるをつまみ、一拍ためる。

「悪霊が一瞬、キツネ君に取り憑いたんだよ」

真剣な表情で、重々しくつげた。もちろん口からでまかせである。

「えっ!?」

「そしてひどく暴れて逃げ回ったから、あとを追いながら祭文を唱えていたんだ。なかなか手強い霊だったが、きっちり祓っておいたから、安心していい」

「そうなの？」

「たしかに、瞬太君はちょっとボーッとした顔になってるな」

槙原に指摘され、瞬太はへろっと笑った。瞬太の様子が薄気味悪かったらしく、倫子は顔をひきつらせる。

「ここに悪霊がいたなんて、何だか怖い……」

倫子は恐る恐るリビングダイニングにはいっていった。

全開になった窓から、熱風が吹きこみ、倫子の髪をゆらす。

「暑い……けど、いい風ね」

「悪霊を追いだすために、窓をあけさせてもらったけど、もう閉めてもいいよ。念のため霊符もはっておいたから」

「ありがとう」

倫子は両手を軽くひろげ、胸いっぱいに空気を吸いこんだ。眉間に居座っていたしわは、きれいさっぱり消えている。

「なんだか、部屋の空気がすがすがしくなった気がする！　お祓いのおかげかしら？　ヨシ兄さんって、凄腕《すごうで》の陰陽師だったのね」

「まあね」

祥明はにっこりと微笑《ほほえ》んだ。

七

二日後、槇原が陰陽屋に一人であらわれた。

「まさか、またまた倫子ちゃんが実家に帰ってきたとか言うんじゃないだろうな？」

槇原が持ってきた缶コーヒーのプルトップをひっぱりながら、祥明はさぐるような目をした。

「違うよ。お祓いの金を払おうと思って」

「ああ、なんだ。ずいぶん早いな」

「だっておまえ、通帳の残高が二桁なんだろう……？」

槇原に本気で心配そうな顔をされて、祥明はコーヒーをふきだしそうになる。

「そりゃお気づかいどうも」

「今のところ倫子と聡士君はうまくいっているみたいだけど、なるべく早く引っ越すようにすすめておいたよ」

「それがいいだろうな。おまえが立川のマンションに消臭剤をまきに行くのも限度があるだろうし」

　祥明は扇をひらいて、やれやれとんだ災難だったぜ、と、ぼやいた。

「あ、ところで。昨日ヨシアキのお母さんに、瞬太君のことを聞かれたよ」

「え、おれのことを？」

　瞬太の尻尾の白い先っぽがピョンとはねる。

「ほら、ちょっとまえに、瞬太君がおじいさんの本の整理を手伝いに来たことがあっただろう？」

「はちあわせたのか!?」

　祥明の顔に緊張がはしる。

「ううん、お母さんはでかけていていなかったよ」

　瞬太はびっくりして頭を左右にふった。

「なんでもおばさんが家に帰って来た時、かなりの量のお菓子の空き袋や空き箱が捨てられているのを見つけて、いったいこれは誰が食べたんだろうって、不審に思ったらしいんだ。で、おばあさんを問い詰めて、瞬太君のことを聞きだしたみたいだよ」

「キツネ君……」

祥明はあきれ顔で瞬太を見おろす。

「だって……いっぱい食べていいって言われたから……」

ごにょごにょと瞬太は言い訳した。

「で、母は何て言ってた？」

「ヨシアキはそのアルバイトの高校生をかわいがっているのか？って聞かれたから、まあ普通じゃないですか、って答えておいたよ。うっかりかわいがってるなんて答えたら、ジョンの二の舞だからね」

ジョンというのは、昔、祥明が飼っていたゴールデンレトリバーの名前である。

「おれ、夜の間に捨てられちゃうの!?」

「人間だし、捨てられることはないと思うよ」

槙原の答えに、瞬太はほっとした。だが祥明の反応は違う。

「よくない傾向だな……」

厳しい表情で、閉じた扇を頬にあてた。


その夜。

沢崎家の夕食は、チキンカレーとトマトスープとサラダだった。瞬太の好みにあわせて、カレーは甘口になっている。

「土曜の午後にＰＴＡで文化祭の打ち合わせがあるんだけど、お父さん行ける？　あたし夜勤がはいっちゃって」

みどりが吾郎《ごろう》に尋ねた。

「ああ、いいよ。でも文化祭の打ち合わせってどんな話をするの？」

「毎年ＰＴＡで休憩所をだすことになってるみたいだから、そのことじゃない？　仕入れとか店番とか」

「へー、ＰＴＡでもお店をだすんだ」

瞬太はちょっとびっくりした。

「無料ドリンクやパンのサービスをするみたいよ。まだまだ暑い時期だから、熱中症で倒れる人がでないようにっていう配慮じゃないかしら」

「ふーん、ＰＴＡも大変だね」

面倒臭くないんだろうか。高校生の親っていうのもいろいろ大変そうだなあ。特にうちの母さんみたいに土日も仕事だったりすると、予定の調整が大変そうだ。

そこまで考えたところで、瞬太はふと、槙原が言っていたことを思いだした。

「なんだかさ、おれが祥明のじいちゃんの家に行ったのが、祥明のお母さんにばれたらしいんだよ」

母親つながりである。

「あら、何か言われたの？」

「ううん、今のところまだ何もだけど、あそこのお母さんけっこう変わってるから、ちょっと気になっててさ」

瞬太は福神《ふくじん》漬けを口に運びながら答えた。

「そういえば、すっかり忘れてたけど、母さん、祥明のじいちゃんに電話したんだって？」

みどりはギクリと、うろたえた顔をした。吾郎に目で助けを求めたが、吾郎は何も言おうとしない。

「本の整理に行くまえだよ。おれのことをよろしくとか何とか」

「あ、うん。電話ね。ご迷惑をおかけするかもしれません、って、先に謝っておいたのよ。瞬太はとにかくそそっかしいから」

「まったく、いいかげん子供扱いしないでほしいな」

瞬太はプッと頬をふくらませた。

みどりが過保護なのは、自分が化けギツネで、病気や事故でも病院に行けないせいだとわかってはいるが、もう高校生なんだし、いくらなんでもやりすぎだ。

「本を箱につめて運ぶくらい、いくらおれがそそっかしくても普通にできるよ」

お菓子を食べ過ぎて祥明の母に気づかれたことは、この際、棚にあげておくことにする。

「あの……ね、瞬ちゃん」

「ん？」

みどりは慌てたり焦《あせ》ったりしている時は、瞬太のことを、小さい頃と同じように瞬ちゃんと呼んでしまうのだ。

「ずっと、言おう、言おうって思ってたんだけど……。実は、国立まで行って、祥明さんのおじいさんに会ってきたの」

「へっ!?　何しに!?」

「直接確認してほしい写真があったものだから……」

みどりは今までのいきさつを瞬太に話した。

「ごめん。患者さんの個人情報をもらすなんて絶対できないって言っておきながら、結局、探しちゃった。まあ、本当にその人がポテチを食べてた犯人かどうかなんてわからないんだけど」

「それで、祥明のじいちゃんは何て？」

「会える運命なら必ず会えるから、無理に探さないでも大丈夫、だって。なんだか本物の占い師みたいなことを言う人ね」

「ああ、じいちゃん、おれにもそんなこと言ってたな」

「占い師風のお告げか。さすがは店長さんのおじいさんだな。何だか人生を達観してるって言うか」

吾郎はしきりに感心している。

「口先だけで何でも解決しようとする孫とは大違いだね」

瞬太が言うと、妙にしみじみとした空気が沢崎家に流れたのであった。

第四話

片想い男子占い店

一

長かった夏休みも終わり、二学期がはじまった。

九月といっても、まだまだ夏まっさかりで、入道雲が空高くもこもこした頭をもたげている。

そんな暑い日の炎天下、瞬太《しゅんた》たちは今日も校舎の屋上で弁当やパンをひろげていた。

「もう文化祭まで二週間をきったんだね」

瞬太がエビフライをかじりながら言うと、岡島《おかじま》がうなずく。

「来週にはクラスTシャツも届くし、今週中には迷路の設計を決めて、材料の段ボールを調達するって言ってたな。高坂《こうさか》と沢崎《さわざき》が材料調達係だっけ？」

「え、おれ、材料調達係なの？」

「一昨日《おととい》のホームルームで決まったんだ」

例によって瞬太が眠っている間に、役割分担の話し合いがあったらしい。

「へー。段ボールくらい、商店街の人に頼めばいくらでももらえるからいいけど」

「そう思って推薦しておいたよ」

ＢＬＴサンド片手に、高坂が言った。

「さすが委員長、ありがとう」

「しかし、いいかげん新聞同好会で何をやるか決めないとまずいな」

珍しく高坂の顔に焦《あせ》りの色が見える。パソコン部の挑戦を受けて、文化祭への参加表明をしたものの、いまだに企画内容が決まっていないのだ。

「そっかー、大変だなぁ、みんな……」

高坂とは対照的に、江本《えもと》はまるでうわの空である。

「江本だって文化祭の準備あるだろ？　迷路作成班だっけ？　なに他人事《ひとごと》みたいな顔してるんだよ」

岡島のつっこみに、江本はへらへらっと笑った。なんだか鼻の下がのびている。

「あー、うん、そうだね……ふふふ」

「どうしたんだ、江本？」

「この症状は……」

岡島が、さては、という顔をした。

「おまえ、また、誰かに惚《ほ》れたのか？」

「今朝、一目見た瞬間、運命を感じたんだ」

「今朝ってことは、教育実習の先生か！」

「ふふふ、ばれたか」

江本は満面に幸せそうな笑みをうかべる。

「教育実習の先生なんて来たの？」

瞬太が尋ねると、岡島がうなずいた。

「ああ、沢崎は今日も朝っぱらから寝てたんだっけ。今日から二週間、教育実習の女子大生が来るんだよ。ホームルームで自己紹介してた」

「女子大生かぁ。美人？」

「うーん、顔はまあまあってとこだな。胸はCカップだ」

「そんなことないよ、美人だろ！」

岡島の評価に、江本が憤然《ふんぜん》と反論する。高坂が、まあまあ、と、江本をなだめた。

「また午後のホームルームには来るはずだから、起きていられれば沢崎も自分の目で確認できるよ」

「早くホームルームにならないかなぁ」

　江本の鼻の下ははてしなくのびきっている。

「そのうち授業もするんだよね。あー、これから毎日、学校に来るのがめっちゃ楽しみだよー」

　江本が両腕で自分を抱きしめながら言うと、あとの三人はふきだしそうになった。

「そういえば、沢崎は結局、三井《みつい》とどうなってるの？　夏休み中に進展はあった？」

　突然江本に三井のことをきかれて、瞬太はビクッとする。

「えーと、文化祭でお皿を一枚買うって約束した」

「それで？」

「三井はすごく喜んでた」

「それだけ？　告白は？　デートは？　ハグは？　チュウは？」

「……だって、何か言おうとすると、先に目や耳が変身しそうになっちゃうんだよ！」

　瞬太の必死の訴えに、あとの三人は、やれやれ、と、ため息をつく。

「普通とは違う意味で身体《からだ》は正直ってやつか。そんなんじゃ一生、彼女なんてできないぞ」

哀《あわ》れみのこもった眼差《まなざ》しで、岡島がポン、と、右手を瞬太の肩にのせた。

「うう……」

「やっぱり先に、キツネ体質の方を打ち明けた方がいいかもしれないね」

あごをつまみながら、冷静に高坂が言う。

「っていうか、それしかないだろ。その調子じゃ、奇跡的に付き合うところまでいっても、三日もしないうちにばれるだろうし」

「どうせキツネ耳で尻尾《しっぽ》をつけてるところなんて、店でいつも見られてるんだから、三井もすぐに慣れるさ」

岡島と江本も高坂の意見に賛同する。

「そ……そうか。うん。そうだな」

瞬太は決意にみちた顔でうなずいた。


その日の午後のホームルーム、瞬太が眠気をこらえて起きていると、クラス担任の只野《ただの》と一緒に若い女性が教室に入ってきた。ふくよかな体形で、唇がぽってりと厚く、優しそうな目をしている。いわゆる癒《い》やし系だ。名前は香取奈緒子《かとりなおこ》。

初日ということもあってか、白い半袖《はんそで》ブラウスにグレーのスカート、かかと低めの黒いパンプスという地味な格好である。

「今日からは、午後のホームルームは私が担当することになりました。皆さん、よろしくお願いします。えっと、まずは連絡事項ですが……」

声は柔らかでしっとりしたアルトだ。

なるほど、年上のお姉さん好きの江本にとってはストライクゾーンに違いない。

江本はどうしているんだろう、と、ちらっと斜め後ろを見ると、すっかりとろんとした目をしていた。見ている方が恥ずかしくなる。

ホームルームが終わって、先生たちが職員室に引きあげた後も、江本はまだぼうっとしていた。すっかり魂《たましい》が抜けている。

「おーい、江本、帰ってこーい」

岡島に呼び戻されると、突然、江本は立ち上がった。

「沢崎は今日も陰陽屋《おんみようや》さんでバイトなのか？」

「うん、日曜以外は毎日だから」

「おれも一緒に行ってもいいよな⁉」

何の用かは聞かないでもわかる気がする。恋占いにお守りの王道コースだ。

「い……いいけど。委員長と岡島も一緒に来る？」

「ああ、ついでに商店街で文化祭用の段ボールをもらって帰ろうかな」

「じゃあおれも暇だから行くわ」

かくして男子高校生四人が連れだって陰陽屋へ向かうことになった。


「ちわー」「失礼します」「へー、ここが陰陽屋かぁ」などと言いながら四人でぞろぞろ店にはいっていくと、さすがに祥明《しょうめい》は驚いたようだった。眉が片方はねあがっている。

「おや、高坂君、久しぶりですね。そちらのお二人もキツネ君の友達ですか？」

「うん。岡島と江本」

瞬太は二人を祥明に紹介した。

「どうも、岡島です」

「江本です。……すっげー、本当に陰陽師《おんみょうじ》だ……それに、めっちゃ格好いい……」

岡島は物珍しげに薄暗い店内を見物しているだけだが、江本は正直に驚きを口にだした。

「今日はどのようなご用件でしょう？　高坂君の取材ですか？」

祥明は営業スマイルで尋ねる。

「いえ、今日は江本君が、相談したいことがあるみたいです」

高坂が右手で江本をさししめした。

「ほう、ご相談ですか。さしずめ恋占いでしょうか？　奥のテーブルでお話をうかがいますので、どうぞおかけください」

「あの……おれ、いや、やっぱりいいです」

江本は悲しそうに言うと、祥明に背中をむけた。よろよろした足取りで出口にむかう。

「あれ、占いとかお守りはいいの？」

瞬太が尋ねると、江本は立ち止まった。

「ああ、そういうのもあるんだっけ……」

「え？　違う目的で陰陽屋に来たわけ？」

瞬太の問いに、江本は暗い顔でうなずいた。

「店長さんは元カリスマホストで女性にもてまくりだって聞いてたから、どうやって口説《くど》いてるのか、そのテクニックを伝授してもらおうと思ってたんだ。でも、いざ会ってみたらテクニックとかそういうんじゃなくて、外見なんだなってわかったよ……。顔も身長も想像以上だ……」

江本は絶望にうちひしがれた悲しそうな笑みをうかべ、しみじみとため息をついた。

「江本……」

「哀れな……」

気の毒そうな目で、三人は江本の肩に手をおいた。

「祥明、何とかしてやってくれよ！」

「何とかと言われても、さっぱり事情がわからないんだが……」

祥明は首をかしげながら、江本を見る。

「とにかくお話をうかがいましょうか」

とりあえず、全員で店の奥のテーブル席についた。小さなテーブルを五人の男でかこむので、かなりぎゅうぎゅうである。

「朝のホームルームで、運命の出会いがあったんです」

まずはぽつりぽつりと江本が語り、要所要所で高坂が補足していった。

「でも香取先生は大学四年生だから、たぶん二十一か二十二歳。どうやってアタックすればいいのか、糸口が見つからなくて……」

「教育実習の先生を口説きたい、ねぇ……」

祥明はあきれ顔である。

「それで、実習期間は二週間ですか？　三週間？」

「うちの学校は二週間です」

「ふーむ」

祥明は首の後ろに扇をあてて、トントンとたたいた。

「江本君、はっきり言いますが、成功可能性はほぼゼロです。高校一年生と大学四年生なんて、大人と子供でしょう。もし自分が小学四年生に告白されたとして、本気にしますか？」

「う……」

いつものことながら、祥明は客以外の人間には厳しい。

「さらに言えば、年の差もさることながら、二週間ではどうしようもありません。たとえば家庭教師のように、半年、一年と長い時間をかけて親しくなっていくのであれば、相手が女子大生でも何とかなるかもしれませんが、二週間ではどうにも短すぎですね」

「うう……」

「それに、万が一にも実習先の生徒と恋愛関係になったことが発覚したら、大変なマイナス評価になるはずです。本当にその女子大生のことが好きなら、相手の迷惑になるような行為は慎《つつし》むべきでしょう。その程度のことにも頭がまわらないなんて、本当に、君はお子ちゃまとしか言いようがありません」

「うおおおぉぉ」

たて続けに毒舌攻撃にさらされて、江本は頭をかかえ、テーブルにつっぷした。

「はい、店長さん」

岡島が右手をあげる。

「何かな?」

「二週間だけの後腐《あとくさ》れのない遊びってことで、お互い割り切って付き合うっていうのはどうでしょう?　どうせ実習が終わったら自然消滅するわけだし」

いきなり岡島が大人の発言をした。本当にこいつは顔も心もおっさんである。

「そうだな、そうい う……」

「そんなの答える必要ありません！」

がばっと江本が頭をあげた。

「おれは本気だから！」

岡島をにらみつける。

「落ち着けよ、江本」

高坂がなだめようとしてのばした手を、江本はふり払った。

「もういいです、わかりました、おじゃましました!!」

一気に言うと、今度こそ江本は店からとびだしていった。階段をかけのぼっていく靴音が悲しげにひびく。

「おい、江本！　鞄《かばん》忘れてるぞ！」

岡島が叫ぶが、江本はそのまま帰ってこない。

「仕方ないなぁ。おれ、家わかるから、持って行くよ」

やれやれ、と、頭をかくと、岡島は鞄を二つかかえてでていく。

「まったくもう、どうしてあんなひどいこと言うんだよ」

瞬太が抗議するが、祥明は、フン、と、鼻をならして受け流した。

「女子大生相手に何とかなるなんて勘違いさせるほうが、よほど無責任で残酷だと思うが、間違ってるか？」

「そうかもしれないけど、言い方ってものがあるだろ？　おまえは親身に人の話を聞くってことができないのかよ！」

「たしかに店長さんが言っていることが正論かもしれないね」

高坂は小さく息を吐くと、鞄をかかえて立ち上がった。

「明日またみんなで相談しよう。お邪魔しました」

高坂が頭をさげると、祥明は一瞬、いぶかしげな表情をした。

「あ、待って、委員長。段ボールもらいに行くんだろ？　おれも一緒に行くよ。悪い、祥明、ちょっと行ってくる」

森下《もりした》通り商店街の店を何軒かまわり、もらった段ボール箱を半分ずつにわけると、高坂は帰っていった。

瞬太が残りの段ボールをかかえて陰陽屋にもどると、祥明は例によって休憩室で漫画を読んでいた。

「ただいま。すぐ着替えるね」

「うん。ところでメガネ少年は様子がおかしくなかったか？　いつもなら小賢《こざか》しげにくちばしをつっこんでくるところなのに、今日はあっさり帰って行ったから、拍子抜けしたんだが」

「あー、委員長は今、文化祭のことで頭がいっぱいなんだよ」

「新聞同好会の方か」

「うん。売り言葉に買い言葉みたいなのりで教室をおさえたんだけど、企画が決まらないんだ。模擬店とかやろうにも、人手がないからさ。例のストーカーをしてた女子をいれても、五人しかいないし」

　実は新聞同好会には、四人の男子の他に、女子が一人いる。かつて三井のストーカーをしていた遠藤茉奈《えんどうまな》が、その特異な能力を高坂に買われて、スカウトされたのである。最近、瞬太の周りでは見かけないが、高坂の指令で着々と隠密《おんみつ》取材をしているらしい。

「五人？　ぜいたくだな。うちなんか一人と一匹だぞ」

「……一匹って言われるとなんか腹立つな」

「間違ってないだろ？」

「うーん……」

たしかに化けギツネなので、一匹でも間違いではないかもしれないが……

「だがまあ、メガネ少年がこのままおとなしくしていてくれれば、余計なことを書かれたり言われたりする心配もないし、おれとしては大助かりだな」

祥明はわざとらしく、うーん、と、両手をのばしてみせた。

二

翌日の昼休み。

今日も何となく四人は炎天下で弁当やパンをひろげている。

「委員長、文化祭の企画って何か思い浮かんだ？」

瞬太が尋ねると、高坂は賢そうな顔に、困ったような笑みをうかべた。

「うん、いくつか考えてはいるんだけど、これっていうのがなくて。僕は取材したりまとめたりするのは得意なんだけど、いちから企画をたてるのって苦手なんだよね」

「委員長にも苦手なことってあるのか」

「そりゃあるよ」

「よし、おれたちも考えるから、どういう企画にしたいのか言ってみて。お客さんがいっぱいきて儲《もう》かるのがいいとか、とにかく楽なのがいいとか。壁新聞にはしたくないんだよね？」

　いつも世話になりっぱなしの高坂にやっと恩を返せるチャンスがきたので、瞬太は大はりきりである。

「うん。写真部の学校行事写真展示だけじゃなくて、生徒会も学校紹介の展示を毎年やるらしいんだよ。だからかぶりは避けたいと思うんだ」

「ふんふん」

「かぶりを避けるっていう意味では、ダンスや夜店、あと、劇も避けたい。そもそも踊れないし、お芝居もできないんだけどね」

「そりゃそうだ」

「しかも、僕たちは、遠藤を入れても五人しかいない」

「そういえば遠藤は今どうしてるんだ？　まさか今でもそのへんにひそんでるんじゃ……」

瞬太は腰をうかせて、周囲を見回した。

「今は女子サッカー部のキャプテンを取材するように指示してあるから大丈夫だよ」

「そうか」

「文化祭では、新聞同好会ができたんだっていうのをアピールするために、何か話題になるような、ちょっとかわった企画をやってみたいと思ってるんだ。儲ける必要は全然ないから、無料企画で、お客さんがはいりやすいものがいい」

そこまでは高坂は自信に満ちた語り口だったのだが、ここで急に声のトーンが暗くなった。

「だけど、少人数でかわった企画っていうと、落語とか、漫才くらいしか思いつかなくて。何て言うか、地味だよね……」

高坂は、フーッ、と、ため息をつく。目もいつになくうつろな感じだ。

「派手とは言わないけど、悪くないいんじゃないか？　漫才のネタを考えるのは大変だから、落語の方がいいかな。地元ネタの『王子《おうじ》の狐《きつね》』とか」

岡島がさくっと賛同した。新聞同好会のことはあまり真剣に考えていないに違いない。

ちなみに『王子の狐』というのは、江戸時代、扇屋《おうぎや》という王子の料亭を舞台に、町人と美女に化けた狐がだまし合いをする話で、王子に住んでいる人間だったら必ず知っている有名な落語である。

「えー、おれ、あの話嫌いなんだよ。お母さん狐がかわいそうじゃん」

瞬太は顔をしかめた。

「面白いと思うけどな。な、江本？」

「…………」

江本は箸《はし》を持つ手をとめたまま、ぼーっと雲を眺めている。

「おい、江本」

岡島が江本の顔の前で手をひらひらさせる。

「ん？」

「卵焼き、下に落ちてるぞ」

「あれ、いつのまに……」

江本はコンクリートの上にころがっている卵焼きを拾いながら、今日何十回目かのため息をついた。

「食欲ないのか？」

岡島の問いに、江本はこっくりうなずく。

「うん。今朝の香取先生のワンピース姿があんまりきれいだったから、胸がいっぱいでさ……」

江本の言葉を聞いて、あとの三人は首をかしげた。

「香取先生、ワンピースなんか着てたっけ？」

「おれ、寝てたからわからないや」

「そう言われればワンピースだったかも？」

「着てたよ！　ふわっとしたクリーム色のワンピースに、黒いレギンスはいてたじゃないか」

「江本、おまえ、あれだけ店長さんに言われたのに、まだ香取先生のことをあきらめてないのか？」

岡島はあきれ顔である。

「いや、店長さんの言うことももっともだなって思い直した。実習生が教え子とスキャンダルをおこしたら、教師になりたいっていう先生の夢をこわすことになる。だからおれは、あえて、先生のために、遠くから見守ることにした」

「偉いぞ、江本。よく決心したな」

瞬太は江本のけなげな男心に感涙した。

「要するに口説く方法を思いつかなかったんだな」

「アタックしなければ、ふられる心配もないからね」

小声で岡島と高坂が何やら邪推《じゃすい》しているが、聞かなかったことにしておく。

「あと一週間と六日の間……おれ、命をかけて、香取先生を見守り続けるんだ」

「見てるだけか、なさけねえの」

岡島が、やれやれ、と、首を左右にふる。

「だって他にどうしろって言うんだよ!?」

「まあ、どうしようもない……な」

「そうだろ？　そりゃおれだって、どさくさにまぎれて、せめて手ぐらい握ってみたいよ。でも小学生の頃ならともかく、今さらフォークダンスすらないしさぁ」

江本は口を不満そうにとがらせる。

「わかる、わかるぞそのせつない気持ち！」

瞬太はうんうんとうなずいた。

「手か……せめて江本に手相占いができたら、手くらい握り放題なのになぁ。祥明なんか、毎日お客さんの手を握りまくってるよ」

「手相くらい本を読めばなんとかなるんじゃないの？」

高坂が前向きな意見を言う。

「でも、手相占いをするから手をだしてくれって先生に言うのは、下心見え見えじゃねえか？」

岡島がニヤリと笑うと、江本はうつむいた。

「その前に、そもそもそんなことを言うチャンスがあるかどうか……」

「勇気さえあればいつだって言えるだろ？　休み時間とかさ」

「そんな、教室にいっぱい人がいる時に、先生の手を見せてくださいなんて大胆なこと、とても言えないよ」

江本は赤い顔を左右にふった。

「おまえ意外と気弱なんだな。沢崎にはさんざんはっぱをかけるようなことを言っておきながら」

「相手が先生だと勝手が違うんだよ」

江本は涙目で訴える。

「おまえのつらい気持ち、わかる、わかるよ、江本！」

「わかってくれるか、沢崎！」

「江本！」

「沢崎！」

二人はがっちりと手をとりあった。

恋に迷える男子同士、強い絆《きずな》でわかりあったのである。

盛り上がる二人を尻目《しりめ》に、一人だけ考えをめぐらせていた高坂が、なるほど、と、うなずいた。

「手相占いか……。いいかもしれないな」

高坂の目が、久々にキラリと光る。

「文化祭で手相占いの店をだすってどうかな？　香取先生の手相を堂々と占えるし、

人手もほとんどいらないよね？」

「委員長、何てすばらしい案なんだ！　おれのために……ありがとう！」

江本は感激のあまり涙を流さんばかりの様子で、今度は高坂の手をとった。

「なるほどな。陰陽屋だって二人でやってるわけだし、いけると思う。さすがは委員長」

瞬太もこくこくとうなずく。

「占い屋か。いいね、女子の手をさわり放題だぜ」

ぐふふ、と、岡島はよだれをたらさんばかりである。

「だけど、文化祭まであと十日だよな。委員長はともかく、おれたち三人に覚えられるのか？」

「おれ、死ぬ気で手相の勉強をするよ！」

鼻息も荒く江本は宣言した。

「よし、今日から特訓だ！　がんばれ江本！」

「おー！」

四人は入道雲にむかって拳を突きあげた。

「というわけなんで、手相占いを教えてください」

江本は祥明の前でがばりと頭をさげた。思い立ったが吉日《きちじつ》、というわけで、早速四人は今日も陰陽屋の小さなテーブルをかこんでいるのである。

「あのねぇ……」

祥明はうんざりした様子である。

「なぜ私が君に手相占いを教えてあげないといけないのかな？」

「いいじゃないか、どうせ毎日暇なんだからさ」

ケチケチするなよ、と、瞬太が言うと、祥明はムッとしたようだった。

「だからこそ金を払ってくれる客じゃないと困るんだよ、キツネ君。今月のバイト代なしでもいいのか？」

「う、いや、それは……」

「じゃあおれが沢崎のかわりに掃除しますよ！」

勢い込んで江本が言った。

「江本君はキツネ耳似合わなそうだから却下」

「うっ」

「文化祭の企画に協力していただいたということで、当日配布する校内新聞で陰陽屋さんのことをさりげなく宣伝させてもらいますよ」

高校生らしからぬ大人びた口調で交渉を切りだしたのは、高坂である。

「ほう？」

「もちろん、占い以外に霊障相談やお祓《はら》い、ご祈禱《きとう》の依頼を受けておられることも書いておきます。文化祭にはＰＴＡや近所の人たちも遊びに来ますから、かなりの宣伝効果になると思いますが、いかがでしょう」

「そのかわり君たちにただで手相占いを教えろと？」

「生命線や頭脳線などの基本的な見方は本で覚えますから、店長さんには実技だけ教えていただければと思っています」

「高坂君、すっかり調子が戻ったようだね」

祥明は唇の端に嫌みっぽい笑みをきざんだ。

「おかげさまで」

「まあいい。あたりまえだが、お客さんがいない時だけだぞ？」

「よろしくお願いします」

高坂が優等生スマイルをうかべ、丁寧に頭をさげると、他の三人も慌てて右へならった。

三

翌日。

朝、瞬太が始業ベルの一分前に教室にすべりこむと、三井に声をかけられた。

「聞いたよ、沢崎君。新聞同好会で占い屋さんをやるんだって？」

「うん、そうだけど、どうして知ってるの？」

「さっき高坂君が文化祭実行委員に届けをだしてたから、うちのクラスの女子はもうみんな知ってるよ。陰陽屋さん直伝《じきでん》の手相占いだって、すごく評判になってる」

「へー、そうなんだ」

やっぱり女子は占いが好きなんだなぁ、と、瞬太は感心する。

「沢崎君も占い師をやるの？」

「うーん、おれは細かいこと覚えるの苦手だから、どうかなぁ。三井こそ、陶芸の方はどう？」

「やっと八個できたから、あと二個！」

「いよいよラストスパートだな」

「うん。納得がいくのができるまで粘るつもり。なんて、初心者が言うのは百年早いかな」

三井は、えへへ、と照れ笑いをうかべた。


パソコン部は主にパソコン室で部活動をおこなっている。

部員の数は三十名ほど。うち七割が男子で、眼鏡率《めがね》が高いのが特徴である。

いつもは週に三回ほどしか活動しないが、さすがに九月にはいってからは、ほぼ毎日、暗くなるまで文化祭の準備におわれている。

今年のパソコン部の目玉企画は、飛鳥《あすか》高校ライフのシミュレーションゲームだ。よくある恋愛シミュレーションゲームの恋愛要素をうすめて、部活、勉強、友達づきあいなどの学生生活を疑似《ぎじ》体験できるようにしている。

「ゲームチームの調子はどう？　できれば今週中にはテストまでいきたいところだけど」

部長の神崎《かんざき》はディスプレイをのぞきながら尋ねた。背が高く、ふっくらした三年生の女子である。

「土日返上なら何とかいけるんじゃないかな。背景を全部写真ですませるっていう部長の案が大当たりだね。これをちまちまお絵かきソフトで作画してたら大変なことになってたよ」

ゲームチームの三年生男子が答えた。

「部長、大変です」

パソコン室にかけ込んできたのは、ＷＥＢチームの一年生、浅田《あさだ》である。

「どうしたの？」

「新聞同好会が動きだしました。文化祭では手相占いの店をだすことに決まったようです」

「へえ、楽しそうじゃない。それにしても、新聞とは全然関係ない方向に行ったのね。うちのＷＥＢニュースとガチで勝負するのを避けたのかな？」

「即時性ではうちに太刀打《たちう》ちできないことを体育祭で思い知らされたんでしょう。高坂はいまだに紙の新聞にこだわってますからね」

浅田はくるんくるんにちぢれた前髪に人差し指をからめて、余裕の笑みをうかべた。

「結構なことじゃない。あちらのことは気にせず、うちは着々と各企画のニュース速報を発信していきましょ。それで、校外むけの文化祭告知ページはそろそろ公開できそう?」

「今、先生のチェック待ちですけど、明日第一弾をアップして、この先は三日おきに最新ニュースを更新していく予定です。もちろんわがパソコン部の特集記事もばっちりですよ」

「OK」

神崎は満足げにうなずいた。

今年はパソコン部初の試みとして、校外むけ告知ページをつくってみることにしたのだ。公式には文化祭を盛り上げるため、ということにしてあるが、もちろん真の狙いは、パソコン部の宣伝である。

「いくら面白いゲームを作っても、プレイしてくれる人がいないとどうにもならないからね。頼んだわよ」

「もちろんです」

浅田は大げさな仕草で前髪をはねあげた。

「去年はバドミントン部のかき氷屋にしてやられたけど、今年はそういかないわ。文化祭まであとちょっと。みんな、がんばるわよ！」

「おー！」

パソコン室からおたけびがあがった。


翌日も、そのまた翌日も、放課後になると新聞同好会の男子四人は陰陽屋へ特訓にでかけた。

といっても、瞬太はアルバイト式神《しきがみ》としての仕事があるので、店に着いたら、お客さんがいようといまいと着替えて、掃除やお茶くみをする。

仕事が一段落すると、手相占い特訓チームに合流するのだが、五分もすると、まぶたが重くなってしまう。

「沢崎、起きろ。寝たら死ぬぞ」

江本は口ではそう言いながら、手では瞬太の耳をもふもふしている。ふかふかの感触にいやされるらしい。

「ごめん、おれ、文化祭も雑用をやるから、占い師は勘弁してくれ。本をひらいたら、すぐに熟睡しちゃって、全然覚えられない」

両手をあわせて、高坂たちに頼み込んだ。

「あー、おれも」

瞬太に便乗したのは岡島である。

「女子の手をさわりたいのはやまやまだけど、こんなにいっぱい、とても覚えきれないよ。最初の五ページで挫折した」

一応五ページ読んだだけ、瞬太よりはマシかもしれない。

「おれも受付とか設営あたりでよろしく」

「おれだって沢崎の補習仲間なんだぜ」

泣きそうな顔で江本が言う。

「しっかりしろ、江本！　香取先生の手をあきらめるのか？　間違いなく最初で最後のチャンスだぞ？」

自分のことを棚にあげて、岡島は江本をつきはなした。

「あきらめるなんて言ってないだろ！　おれはやるぜ、香取先生の白くてふっくらしたきれいな手を握るために！」

江本は涙目で決意表明する。

「よく言った。じゃあ特訓再開だ！」

「店長さん、お願いします！」

江本はがばっと頭をさげる。

「はいはい」

祥明はあからさまにやる気のない声で、苦笑いをうかべた。


その日もとっぷりと暮れるまで特訓は続いた。夜七時をすぎたところで、ようやく解散することにする。

「手相もなかなか奥が深いね」

「頭パンクしそうだよ」

「胃袋が限界だ。腹減ったなぁ」

三人はそれぞれ感想を言いながら、出口にむかった。瞬太も見送りのためにあとを追う。

黒いドアをあけると、涼しい風が店内に吹きこんできた。長い尻尾がふわふわゆれる。

「みんなお疲れ」

瞬太はビルの前で三人を見送った。

「じゃあまた明日学校で」

「またな」

三人が遠ざかって行ったのを確認して、階段をおりる。

「あれ？」

半分ほど階段をおりたところで、瞬太はくるりと振り返った。視線を感じた気がしたのだ。

とんとんとん、と、階段をかけあがる。

周辺を見回すが、こちらを見ている人は誰もいない。においで確認しようにも、ちょうど晩ご飯どきで街中においしそうな匂いが満ちているため、通りのむこうを歩いている人のにおいすらかぎわけられないくらいである。

「んー？　気のせいだな」

瞬太はうなずくと、店に戻っていった。


週があけ、いよいよ文化祭まで一週間をきった。

パソコン室でも、新作ゲームのテストと修正に大忙しである。自宅での持ち帰り作業をおこなっている部員もいるくらいで、ゲームチームは全員、疲労でふらふらだ。

「部長！　大スクープです！」

パソコン室の前扉をあけてかけこんできたのは、浅田だった。

「何かあったの？」

神崎がディスプレイから顔をあげて尋ねた。目の下にうっすらと青黒いくまができている。

「ビッグニュースをつかみました。新聞同好会の沢崎瞬太は化けギツネです！」

浅田は前髪をかきあげながら、自信満々の笑みをうかべた。

「はあ？」

「まずはこの写真を見てください」

そこにうつっているのは、陰陽屋の前に立っている瞬太の姿であった。いつものように童水干《わらべすいかん》を着ている。

実は浅田は、新聞同好会が陰陽屋に日参しているという情報を聞き、不審に思ってこっそりあとをつけてみたのである。

そこで遭遇したのが、化けギツネ姿の瞬太だ。

「ほら、耳と尻尾がついてるでしょう!?」

「ただのつけ耳でしょ？　秋葉原《あきはばら》でよく見るやつ。どうせ尻尾もぬいぐるみか何かの尻尾をつけてるのよ」

「そんなことはありません。ちゃんと尻尾が動いているのをこの目で確認しました」

「揺れてただけじゃないの？」

「それだけじゃないんです。念のため、沢崎と小中学校が一緒だったっていう連中に取材してみました。そうしたら、大変なことがわかったんです」

浅田はもったいぶって一拍あけた。

「沢崎は、赤ちゃんの時、王子《おうじ》稲荷《いなり》の境内で拾われた子供だから、キツネに違いないって言うんです」

「お稲荷さんだからキツネ？」

「そうです、キツネです！　キツネが人間に化けて、毎日この高校に通ってるんです！　ビッグニュースでしょう!?　早速WEBニュース用に記事をまとめてみました」

浅田は神崎に記事を印字した紙を手渡した。神崎は右手を腰にあてたまま、浅田の記事に目を通す。

「早速今夜にでもWEBニュースとして配信しませんか!?」

「浅田君……」

神崎は記事を浅田に返しながら、嘆息をもらした。

「あなた、みんなにからかわれたのよ。化けギツネなんているわけないじゃない。馬鹿なこと言ってないで、文化祭告知ページの更新作業をやりなさい」

一蹴《いっしゅう》である。

「えっ、でも、証拠写真だってあるのに……」

「デジカメの写真くらいいくらでも加工できるじゃない。もちろん浅田君がやったとは言わないけど、うちはパソコン部よ？　画像ソフトだって使いたい放題なんだから、みんな、ああ合成したんだな、って思うに決まってるわ」

「そんな……！　でも、本当に……」

「この話はもうおしまい！」

神崎はビシッと言い渡すと、ゲームの修正作業に戻ってしまった。とてもくいさがれる雰囲気ではない。

「…………」

浅田は無言で、自分の席についた。

せっかくの大スクープなのに……。間違いなく、沢崎は化けギツネなのに。

このことに、高坂は気づいていないのだろうか。

陰陽屋ネタで東京経済新聞の読者スクープ大賞までとっておきながら、高坂は沢崎の正体について何もふれていなかった。

もし、新聞同好会に化けギツネがいるとパソコン部にすっぱ抜かれたらどんな顔をするだろう。

もしかしたら、気づいているが、友人として、あえて書かないでいるのかもしれない。

それは高坂が報道を志す者としてそこまでの男だったということだ。

自分は違う。

浅田は周囲の席を見回した。

みんな、一心不乱にゲームプログラムの作業に集中している。

今なら、やれるんじゃないか……？

浅田はパソコンの電源を入れた。

四

火曜日の朝。

瞬太がいつものようにねぼけまなこで通学路を歩いていると、携帯電話に着信があった。こんな朝っぱらから誰だろう、と、思ったら、高坂である。

「もしもし、沢崎？」

「うん」

「パソコン部が作ってる校内向けホームページって見てる？」

「まえ委員長がコラムを連載していた時に何度か見たけど、それがどうかしたの？」

話している途中にもあくびがでてしまう。

「今朝更新されたんだけど、沢崎のことがとりあげられてる」

「へ？　おれ？」

「沢崎瞬太は化けギツネだ、って」

「えええええっ⁉」

さすがの瞬太も、これには目が覚めた。

「大丈夫、こんな突拍子《とつびょうし》もない記事、誰も信じてないから」

「で、でも……」

「心配なら僕が手をうっておくよ。君は何を聞かれても、しらをきっておくといい。変にうろたえないで、堂々と学校へ来ること。いいね？」

「う、うん。わかった」

「じゃあまた学校で」

それだけ言うと、高坂の通話は終了した。

携帯電話を握りしめる手が震える。

「どうしよう……」

その場に座り込んでしまいたい。

だが、高坂に言われた通り、ここは堂々と学校に行くべきだ。でないと記事を肯定することになってしまう。

わかってはいるけど、逃げだしたい……。

瞬太は重い足をひきずるようにして学校へむかった。

かなりのろのろ歩いていたのだが、なんとか八時半には高校の正門にたどりついた。いつも半分ねぼけながらふらふら歩いているので、スピードはあまりかわらなかったようだ。

廊下を歩いていると、自分を指さしている生徒とでくわした。

「ほらほら、あの子、キツネって書かれてた一年生男子」

「あー、つり目だもんね」

けらけらと笑っている女子の声も聞こえてくる。

最悪だ……。

今すぐ穴を掘って、地中深く隠れてしまいたい。

教室にたどりつくと、早速江本と岡島にとりかこまれた。

「おー、沢崎、おまえ今日は時の人だぜ？」

「ぶっちゃけ今さら何を書いてるんだって気もするけど、やっと化けギツネだって認定されてよかったな！」

江本が瞬太の背中をばんばんたたく。

「ははは……」

瞬太は困ったような顔で、耳の後ろをかいた。笑いとばしてもらったら、少し気が楽になったようだ。

その時、三メートルほど先でこっちを見ている三井と目があった。

「あ、の……」

三井は何か言いたそうな、それでいて、困り果てたような顔をしている。きっとパソコン部の記事を見たに違いない。

「あ……お、おはよう、三井」

何を言えばいいのか思いうかばないので、とりあえず朝の挨拶をしてみる。

「おはよう」

三井も同じ言葉を返すと、さっと顔をふせて、自分の席についてしまった。

追いかけようにも、ちょうど只野先生と香取先生が教室にはいってきたので、瞬太も席につく。

どうせ、化けギツネだっていうことは三井には言うつもりだったんだけど、まさかこんな形でばれるとはなぁ。

こんなことならちゃんと自分の口で言えばよかった。夏休み中、何度もチャンスはあったのに。

……あったのに、何となく、ずるずると先送りしてた。

結局、自分が悪いんだ。

瞬太は深々とため息をついた。

とり返しのつかないことをうだうだ考えても、どうにもならない。

こんな日は、寝るに限る。

今日も暑いなぁ……

「沢崎、昼休みだよ」

いつものように高坂が起こしてくれた。

うーん、と、のびをし、弁当をかかえて屋上へあがる。

今日はまた嫌になるくらいぎらぎらと太陽が照りつけているが、さすがに食堂へは行きたくない。

「それにしてもパソコン部のフライングには驚いたな。沢崎が化けギツネだなんて誰でも知ってることなのに、わざわざ記事にしてどうするんだろ？」

プルコギおにぎりを頬張りながら岡島が言うと、江本もうなずく。

「よほどネタに困ってるんだろうな。ここのところ文化祭情報ばっかりで、マンネリっぽかったし。どうせなら、どーんと香取先生の特集を組んでくれよ」

「そうだよな、何もおれのことなんか書かないでもいいのにさ……」

瞬太はため息をつきながら弁当のふたをあけた。今日は卵と鳥そぼろとほうれん草の三色弁当だ。ごはんにほんのり甘からい味がつけてある。

いつもなら一気にバクバク平らげてしまうところだが、今日はパクパク程度のスピードしかでない。

「気にしないでも大丈夫だよ。きっちり抗議しておいたから、もうあの記事は削除されてるんじゃないかな」

　エビと卵のサンドウィッチをかじりながら、にっこりと高坂が笑う。

「えっ、そうなの？　ありがとう」

　自分が熟睡している間に、高坂が対処してくれたらしい。まったく頼りになる級友である。

「そもそも王子出身の生徒たちは何を今さらってスルーしてるし、逆に初耳の生徒たちは、化けギツネなんかいるはずがないって笑い話にしてるよ。パソコン部の誰が書いたんだか知らないけど、スクープ狙いだったとしたら、すっかりはずしちゃったみたいだね」

「全然スクープなんかじゃないよな」

　江本がけらけら笑う。

「……でも、三井もその記事見たみたいなんだ。なんだか今朝、様子が変だった」

　瞬太は、はーっ、と、ため息をついた。

「まだ三井には言ってなかったんだっけ？」

　江本の問いに、こくりとうなずく。

「うん。何となく、言いそびれてて……」

「ちょうどいい機会じゃないか。言っちゃえよ」

「でもホームページに記事がでちゃった後で言うのも、なんだか気まずいような……」

「でもおまえ、ドキドキすると必ず耳がキツネにかわっちゃうんだろ？」

「うっ」

「手を握ろうとしたところで、耳がキツネになっちゃって、三井に、きゃー沢崎君その耳なに!?　やっぱりあの記事本当だったのね!?　なんて騒がれてみろ。雰囲気ぶちこわしだぜ？」

「ううっ」

「話しとけ。きっちり事情を説明しとけ。でないと一生三井とキスできないぞ」

「その前に、好きだって告白すらできないとか言ってなかったっけ？」

高坂からも追い討ちがかかる。

「そ、そうだった……」

「ずっとこのままただの同級生でいるのなら、なあなあでもいいんじゃないのか？」

岡島が、優しいのかそうでないのかわからない見解をのべた。

「でも三井ってけっこうかわいいから、沢崎がもたもたしているうちに、他の男子にとられちゃったりするかもしれないけどな」

江本がニヤッと笑う。

「ううう……わ、わかった。三井に話すよ。話せばいいんだろ？」

瞬太は自分でももういったい何度目だかわからない決意表明をした。

「そうそう。今度こそがんばれよ。健闘を祈る」

「江本、おまえってさ……おれのことはすごくよくわかるんだな。香取先生にはあんなにシャイなのに」

「そうなんだよなー」

「人なんてそんなもんだよ」

まるで悟りをひらいた坊主のような風情《ふぜい》で、岡島が言う。

「そうかもしれないけど、我ながら情けないよ……」

江本はしみじみとため息をついた。

「わかるよ、江本」

「わかってくれるか？　沢崎」

「江本！」

「沢崎！」

二人はがっしりと手をとりあい、うなずきあったのであった。


「沢崎君、起きてください。沢崎君」

今度は只野先生に起こされた。

「あ……れ、今、理科の授業中？」

「今、午後のホームルームが終わったところですよ」

只野はあきれ顔で言う。

「ちょっと二人で話しましょうか。それほど時間はとらせません」

きっと例の記事の件だ。

「はあ……」

ちらりと高坂を見ると、大丈夫、と、うなずいているのが見える。朝の電話の通り、堂々としていろということだろう。

只野は化学準備室にはいっていった。

この部屋の隣にはバイオ室があって、ＤＮＡ解析装置なる恐ろしげな機器があるのだ。

くわばらくわばら。

瞬太は首をすくめ、古いおまじないを心の中で唱《とな》える。

「座ってください」

只野は瞬太に椅子をすすめると、自分も腰かけた。準備室には他の先生はおらず、只野と瞬太の二人きりである。

「校内ホームページに沢崎君のことが掲載されたことは知っていますか？」

「読んでないけど、委員長……高坂君から聞いて知ってるよ」

「そうですか」

「おれが化けギツネだって書いてあるらしいね」

「ええ……」

只野はじっと瞬太の目を見つめた。顔の前で両手をあわせ、人差し指で鼻をはさむ。考えこんでいる時の只野のくせだ。

「先生……？」

ま、まさか、おれのＤＮＡを調べたいって言うんじゃないだろうな⁉

瞬太はドキッとする。

いくら堂々としていても、ＤＮＡを調べられたらバレバレじゃないか。

実際に調べたことはないから、よくわからないけど。

「あ、あの、先生……まさか本当に化けギツネがいるなんて信じてるわけじゃないよね⁉」

「ああ、そんなことで君を呼んだわけではありません。実はその記事に、君が王子稲荷に捨てられていた赤ちゃんだという噂《うわさ》がある、と、書かれていたんです」

「それは本当だけど？」

「正しいとか正しくないとかいう問題ではなく、そんなごくプライベートな個人情報を校内むけとはいえインターネットで公開したということ自体が大変な問題です」

「はあ」

只野は深刻な表情で言ったのだが、瞬太にとっては、拍子ぬけだった。

ＤＮＡを解析させろって言われたらどうしようかと、ものすごく緊張していたのに、なんだか損をした気分だ。

「今朝、高坂君から連絡をもらって、すぐにパソコン部の顧問の先生に削除をお願いしたのですが、見てしまった生徒もいるかもしれません」

「おれがお稲荷さんで拾われた赤ん坊だってことはみんな知ってるし、今さらどうでもいいよ」

瞬太がけろりとした様子で言うと、今度は只野が面食らったような顔をした。

「……どうでもいいんですか？」

「うん。全然気にしてない。もともと秘密にしてないし」

気になる時もないわけではないが、今は三井のことでいっぱいいっぱいで、瞬太の頭はパンクしかかっているのだ。

「そうですか。それを聞いて安心しました」

只野は大きく息を吐いた。真面目《まじめ》な先生なので、いろいろ想像して、心配してくれていたらしい。

「じゃあもういいかな？　バイト行かなきゃ」

瞬太はさっさと立ち上がった。壁のむこうに例の装置があると思うだけで、なんだか落ち着かない。

「何か困ったことがあったら、いつでも相談に来てくださいね」

「はーい」

瞬太はぺこりと頭をさげると、急いで化学準備室から逃げだした。

五

土曜日は久しぶりに雨だった。もう九月中旬なので、雨の日はまあ涼しい。

「みなさん、あっという間の二週間でしたが、どうもありがとうございました」

淡いピンクのブラウスに黒いタイトスカートの香取先生が、しんみりした顔で挨拶する。今日で教育実習が終わるらしい。

「先生……」

瞬太のななめ後方から、洟《はな》をすする音が聞こえてくる。もちろん江本だ。

江本は一応、香取先生に授業のことで質問をしに行ったり、それなりにアピールはしてみたのだが、祥明の予言通り、ちっとも相手にされることはなく、二週間が終わってしまったのだった。

「でも、明日の文化祭には必ず来ますから、みなさん、一緒に盛り上がりましょうね」

香取先生はにこっと笑った。


「やっぱり二十二から見て十六って、子供なんだろうな……」

江本は陰陽屋で、しみじみとため息をついた。

「全然眼中に入れてもらえなかったもんな。単純に江本が好きなタイプじゃなかったのかもしれないけど」

岡島のコメントに、江本は「うっ」となって胸をおさえた。

「しっかりしろよ、江本。まだ明日の文化祭があるじゃないか。あきらめるのはまだ早いぞ！　香取先生も明日は来るって言ってたし」

片想いに悩む同志として、瞬太は精一杯江本をはげます。

「お、おう、そうだな。じゃあ遠藤、お客さん役よろしく」

「はーい」

昨日まではお互いの手で練習してきたのだが、当日のお客さんは大半が女子になりそうなので、慣れるために、いつもは秘密取材のため別行動をしている遠藤茉奈を陰陽屋に呼んだのだ。

「それではまず店長さん、お手本お願いします」

「お手本ねぇ」

高坂の依頼に、祥明は両肩をすくめる。

「じゃあお嬢さん、両方のてのひらを見せていただけますか？」

「両手ですか？」

いぶかしげな表情で遠藤は両手をさしだした。

「ええ。手相占いにもいくつかの流派があって、男性は右手、女性は左手で占うという流派、性別に関係なく右利きなら右手で占うという流派、あるいは、左手が先天的な運命で右手が後天的な運命を示しているから両方見て占うべきだという人もいるんですよ」

「へー、そうなんだ」

べらべらしゃべりながら、早々と祥明は遠藤の両手を軽く握っている。

「さて、お嬢さんの場合は」

両手を軽くひねって、左右の小指を上にむけた。

「おや、左右ともに恋愛と結婚をつかさどる結婚線がくっきり一本ですね。こういう人は、一途《いちず》な恋をするんですよ」

男子高校生たちは一斉に自分の小指の下を確認する。

祥明はにっこり微笑《ほほえ》んで遠藤の目をのぞきこんだ。

「今、恋をしていますか？」

「え、あ、あの……ちょっと待って！」

遠藤はびっくりして、身体を祥明から離そうとするが、逆に手をひっぱられてしまう。

「心あたりがおありのようですね」

祥明は耳もとで優しくささやいた。

「そんな、何を言って……！」

遠藤の顔があっというまに赤く染まっていく。

「はい、お手本終了。江本君やってみて」

祥明はパッと手をはなすと、いきなり営業スマイルから面倒臭がりの無愛想顔にもどった。

遠藤は咳払いをして、呼吸をととのえなおしている。相当焦《あせ》ったのだろう。

「すげ……さすがプロ」

「違和感なくさらっと手を握ったね」

「あれが伝説のホスト商法ってやつか?」

「まあな。あの手相占いで店のナンバーワンにのしあがったらしいぞ」

「なるほどなぁ」

男子たちは驚嘆の眼差しを祥明にむけながらささやきあう。

「江本君は右手と左手、どっちでみるの？」

「あ、えっと、おれは右手で」

「はい、どうぞ」

遠藤は右のてのひらを江本にさしだした。

「じゃあ、まず……この生命線が……」

江本はぎくしゃくした動きで、遠藤の手をとる。

江本は占い自体はなんとか覚えたものの、祥明が得意とする、さりげなく手を握ったり、じっと目を見つめるなどのホスト技はまだ全然なのだ。

「恋愛関係をみてほしいんだけど」

「ええと、恋愛は……小指の下にある結婚線が感情線に近いので……これは、早婚……だったかな?」

急に予定外のことを尋ねられると、とっさに対応できず、しどろもどろになってしまう。

「あのさ、だんだん手が汗ばんできて気持ち悪いんだけど」

「えっ、ご、ごめん。ちょっと緊張で」

江本はシャツでごしごしと手をふいた。見ている方が痛々しいくらいだ。

「まだまだですねぇ」

祥明は深々とため息をついた。

「じゃあ、次に高坂君、やってみて」

「はい」

「お願いします」

遠藤はてのひらをさしだしながら、高坂に熱い眼差しをそそぐ。

「それではまず、遠藤さんの手相の全体的な特徴だけど……」

「どう!?」

遠藤はいきなり身をのりだした。高坂の手を握りしめんばかりの勢いである。遠藤は自分の運命の相手が高坂だと信じているのだ。ふきこんだのは祥明だが。

「遠藤さんは意外と生命線が短いね」

「そうなのよ。あたしは長生きはあきらめてるの。太く短く、情熱のおもむくままに生きるつもり。別に美人薄命なんて言ってるわけじゃないわよ」

「その心配はないかな。手首線が三本も入っているから。これは、体力はあまりないし、時々病気もするけど、案外長生きという手相だよ」

「あ、あら、そう?」

美人薄命ならぬ一病息災《いちびょうそくさい》タイプと判定されて、遠藤は拍子抜けしたようである。

「あと、人差し指の下の木星丘《もくせいきゅう》がふくらんでるけど、これは野心家の特徴だね」

「えーっ、あたし野心家なの？　もっと普通の女の子として幸せになりたいんだけど」

口先では謙遜しているが、鼻の穴をふくらませ、まんざらでもなさそうな顔である。

「と言っても、野心が実を結んで成功するかどうかは別問題だからね。この木星丘から運命線がのびていれば完璧だったんだけど、運命線自体がほとんどないからなぁ。わりと平穏な人生をおくれるかもしれない」

「あら、そうなんだ、よかった」

よかった、と言いながら、遠藤はかなりがっかりした様子である。

「次に頭脳線だけど、この傾斜は……」

「高坂君」

祥明は扇をひろげて、やれやれ、と、嘆息をもらした。

「線だけじゃなくて丘《きゅう》まで覚えてきたのはさすがだよ。しかし、分析に熱心になりすぎて、ちっとも相手のニーズにこたえてないだろう。別に覚えていることを全部話さないでいいから、相手が聞きたがってることは何か、ちゃんと反応を確認しながら占わないと」

「すみません、遠藤さんの手相が面白いので、つい」

「まあ基本はできてるから、君はもう帰っていいよ。本番はしゃべりすぎないように気をつけて」

「はい」

高坂はうなずく。

高坂、岡島、遠藤の三人はここで撤収し、江本だけが居残り特訓をすることになった。

お客さんが来ている間も、休憩室で、瞬太を相手に練習を続ける。

「えーと、沢崎の頭脳線は鎖《くさり》になってるな……。これは」

本を見てプッと江本はふきだした。

「何だよ」

「気が散りやすくて、記憶力も乏《とぼ》しい、だって」

「たしかに記憶力はかなりあやしいけど、おれって、気が散りやすかったっけ？」

「授業に対する集中力はゼロだろう。昼寝に対する集中力はすごいけどな。今日も授業中、只野先生に十回以上注意されてたけど、ぐうすか寝てたもんな」

「いやー、それほどでも。でも江本の集中力もすごいよ。だいぶ占い師っぽくなってきてる」

「本当か!?」

江本は、へへへ、と、そばかすのういた鼻を上にむけた。

「でもさあ、いくらおれががんばって覚えても、香取先生が手相占い屋に来てくれなかったら全部水の泡なんだよな……」

江本は意気消沈して、がっくり肩をおとす。

「やれやれ、仕方がないな」

祥明は筆と和紙をとりだして、何やらさらさらと書きはじめた。瞬太がのぞきこむと、記号のような、絵文字のような文様が並んでいる。

「ほら、これをやろう」

「何かの暗号ですか？」

江本が祥明に尋ねた。

「これは会いたい人に必ず会えるというありがたい霊符だ。これを文化祭の間ずっと、肌身離さず持っていろ」

「ありがとうございます！」

「ただし、占いを成功させられるかどうかは君次第だからな。健闘を祈る」

「はい！」

江本はやっと明るい顔になって、いそいそと帰って行った。

「おまえにしちゃ珍しく親切じゃないか？」

瞬太の質問に、祥明は肩をすくめる。

「もう九時なのに、いっこうに帰ろうとしないから、お土産をつけてやったのさ。徹夜で特訓するからよろしくお願いします、なんて言われたら最悪だし」

祥明の親切には常に裏があるのだ。

「そんなとこだろうとは思ったよ。でも霊符って三千円はするんじゃ？　しかもあれって、普段はお店に置いてない特注ものだろ？」

「キツネ君のバイト代からひいておくから気にするな」

「えっ⁉」

祥明なら本当にやりかねない。なにせ貧乏な上に意地悪なのだ。

瞬太は慌《あわ》てて立ち上がり、耳を澄ますが、もう江本の靴音はしない。遠くまで行ってしまったのだろう。

ああ、おれの三千円。

月末までに祥明が忘れてくれることを祈るしかない。

それはともかく。

「明日の文化祭はこの着物で客引きをしてくれって委員長に頼まれたんだけど、借りて行っていいかな？」

「別に構わないが、汚すなよ」

「心配ならおまえも文化祭に来るか？　どうせ明日は日曜で店も休みだし」

祥明は、フン、と、鼻をならした。

「行くわけがない。自分の母校でもない学校の文化祭に行って何が楽しいんだ」

「陰陽屋に来たことのある女子たちから、もしかして手相占い屋におまえも来るのかって聞かれたんだけど、おまえのように心がすさんだ腹黒い大人が来ても何一つ面白いわけないよな」

「何とでも言え。おれはせっかくの休日は有意義にすごすことにしている」

「どうせこの休憩室か近所の喫茶店で本を読んでいるだけのくせに」

「これ以上はないくらい有意義じゃないか」

祥明は扇をひろげて、にっこりと笑った。

六

いよいよ文化祭当日。

高坂が事前に校内新聞と新聞同好会ホームページの両方で宣伝をし、さらに陰陽屋の仕事着である童水干を着た瞬太が教室の前でよびこみをした甲斐あって、新聞同好会の手相占い屋は朝から盛況だった。何せ高坂ときたら、パソコン部の記事を逆手にとって、「本物の化けギツネと信じた人までいる沢崎君の見事な化けギツネぶりをその目で確認できます」なんて書いたのだ。今日もチラシを配ったり掲示板にはったり、宣伝に余念がない。おかげで小学生からおじいちゃん、おばあちゃんまで、いろんな世代の人たちが並んでくれている。

もちろん占いは無料なので、全然儲けはでないのだが、新聞同好会の存在をアピールしたいという高坂のためにも、なるべくたくさんの人が来てくれるにこしたことはない。

廊下に並んでいるお客さんが十人をこえ、よしよし、と、瞬太がほくほく顔をしていた時。

「あれ、沢崎君？　着物似合うね。何かのコスプレ？」

数名の女子生徒と一緒に、香取先生があらわれた。今日は半分プライベートなので、襟元《えりもと》にレースをあしらったチュニックに膝が見えるちょっと短めのスカート、かわいらしい花のついたミュールという格好である。こうして見ると、やっぱり女子大生っぽい。

「えと、コスプレっていうか、キツネの式神《しきがみ》なんだけど」

「猫じゃなくてキツネなんだ。そう言われればこの耳、キツネ色だもんね」

ふかふかした三角の耳を見ながらうなずく。

「先生、ここが新聞同好会の手相占い屋さんですよ」

「手相占い？　ああ、そういえば、江本君にぜひ来てくださいって言われたんだっけ」

「あっ、今、ちょうど江本が占い師をやってるんだよ。先生もどうぞ」

瞬太は精一杯明るい声で言った。

「そう？　じゃあ……」

香取先生は、入り口から教室の中をのぞきこんだ。

教室の内側には待っているお客さんのために椅子が十脚並べてあるのだが、全部うまっている。

「あらら、すごい混雑ね」

「あっ、香取先生！」

窓際の占いコーナーに座っていた江本が、目ざとく先生を発見し、顔を輝かせた。

「先生、来てくれたんですね！」

腰をうかせて、手を大きくふる。

「うん。大人気じゃない。すごいね。がんばって！」

それだけ言うと、廊下にいる他の女子たちにむき直ってしまった。

「ここは無理みたいだから、次へ行こうか」

「そうですね」

「えっ、ちょっ、香取先生!?　三十分、ううん、二十分もあれば順番まわってくるから……」

びっくりして瞬太はひきとめようとする。

「大丈夫、気にしないで。じゃあ沢崎君もがんばってね」

先生は明るく言うと、隣の教室に行ってしまった。

「会えるには会えたけど……一瞬で終わり……？」

江本は愕然としている。

一応、祥明が書いてくれた霊符の効き目はあったということなのだろうか。しかし、手を握るどころか、ろくに話もできなかった。

「あたしの話聞いてる？」

すっかり魂《たましい》が抜けてしまい呆然としている江本に、手相の鑑定中だった三年生の女子から苦情がでる。

「あ、ええと、何でしたっけ」

「だから感情線が上をむいてるって話」

「ええと……感情線は……」

「本を見たら？　間違ったこと言われるよりその方がいいし」

「は、はい」

江本はすっかりパニックをおこして、頭の中が真っ白になっている様子だ。

本当は香取先生を追いかけたい気持ちでいっぱいに違いない。

だが二十人近く待っている人がいるのに、今、江本がここからいなくなるわけにはいかない。

もう一人の占い師である高坂は、今、カメラ片手に校内を取材中で、十二時の交代時間まで戻ってこないのだ。

「ど、どうしよう」

江本は涙目でつぶやいた。


その頃、陰陽屋の休憩室では、朝寝坊を堪能する店主の携帯電話がうるさくなりひびいていた。

「もしもし……?」

目を閉じたまま、携帯電話を耳にあてる。

「やっと起きたか、ヨシアキ」

「おじいさん……日曜の午前中にかけてくるなんて反則ですよ……」

「その様子では、優貴子《ゆきこ》はそっちへ行ってないようだね」

祥明の目がパチリとひらいた。

「……お母さんがどうしたんですか？」

「朝から姿が見えなくてね。そもそも二、三日前からどうも様子がおかしかったんだ。ずっとパソコンにはりついていたり、お隣の秀行《ひでゆき》君に倫子《みちこ》ちゃんの連絡先を聞きにいったり。今日は朝食もとらず、行き先も告げずにうちを抜けだしたようだから、てっきりおまえのところだと思ったんだが」

「買い物にでも行ったんじゃないですか？」

「買い物には必ずお伴《とも》を連れて行くんだよ」

「そうでしたね」

お伴というのは、つまり、父の憲顕《のりあき》のことである。荷物持ち要員として連れて行かれるのだ。

「ここには来ていませんが、念のため避難しておきます」

「うむ。それがいいだろう。もし逃げそびれたら連絡しなさい」

「はい……」

やれやれ、今日は一日、ゆっくり本でも読んですごすつもりだったのに、とんだ災難である。

とりあえず喫茶店で軽く食べて、それから映画でも観るか。

そういえば今日は、飛鳥《あすか》高校で文化祭をやっているんだった。手相占い屋はどうなっているのだろう。約束通り、ちゃんと陰陽屋の宣伝をしているだろうか。たしかめに行くつもりは全然ないが。

「文化祭……？」

祥明は寝ぼけた頭の眉間《みけん》を指先でつまんだ。

「まさか……な……」

だが念のためということもある。

祥明は、今度は自分から国立《くにたち》の安倍《あべ》家に電話をかけた。

「おじいさん、さきほどの話ですが、お母さんがパソコンで何を調べていたのか、履歴を見ていただけませんか？」

「ああ、ちょっと待ちなさい」

祖父からの返答を、聞きたいような、聞くのが怖いような、複雑な心境で待つ。

「飛鳥高校の文化祭について調べていたようだが……飛鳥高校というのはどこにあるのかな？　聞いたことがないが」

「王子です……」

祥明は地を這うような暗い声で答えた。

「おれ、香取先生を探してくる！」

持ち場を離れられない江本にかわって、瞬太はかけだした。毎日、必死で江本は手相占いの特訓をしたのに、これで終わりだなんて、あんまりだ。何より、恋する男子高生仲間として、黙って見すごすわけにはいかない。

本当はまだ客よせのために廊下に立っていないといけない時間なのだが、あれだけお客さんが並んでいれば十分だろう。

まずは隣の教室をのぞきに行くが、もう先生たちはいなかった。その隣の教室をのぞき、さらに階段をかけあがる。

人が多すぎて、なかなか遠くまで視界がきかないし、全力で走ることもできない。歩いていても人とぶつかりそうになるくらいだ。

「どこだ……？」

香取先生の匂いを求めて嗅覚を全開にするが、学校中に人間と食べ物のにおいが充満していて、ちっとも見つけだせない。

決して広大な建物というわけでもないのに、いったいどこに消えたんだろう。もしかして、すれ違ってしまったのだろうか。

焦りと暑さで額に汗がにじむ。廊下はエアコンがきかないのだ。

必死で探し回って、やっと先生を見つけだしたのは、ＰＴＡがひらいている無料の休憩所だった。

先生は女子たちとテーブルをかこみ、お茶を飲みながらおしゃべりをしている。

瞬太は携帯電話をとりだすと、急いで江本にかけた。

「今、先生はＰＴＡの休憩所でお茶を飲んでるよ！」

「でも、まだお客さんがいっぱいで……どうしよう⁉」

江本のせっぱつまった声が聞こえる。

「仕方ないな。おれが何とかするから、行ってこい」

電話のむこうで聞こえたのは、岡島のおっさん声だった。

「ごめん、助かる！」

一分もたたないうちに、江本は休憩所にかけつけてきた。階段をかけのぼったのか、息があがっている。

「江本、こっち」

瞬太は江本に手をふった。

ふたりで休憩所になっている教室にとびこむ。

「先生、出張手相鑑定しますよ！」

瞬太と江本の姿を見て、先生はびっくりしたようだった。

「あれ、二人ともお店はいいの？」

「えっと、交代でやってるんで、今は休憩時間なんです」

「そうなんだ」

「先生、せっかくだから占ってもらえば？」

「あたしも占ってほしい」

一緒にいる女子生徒たちは賛成してくれたが、先生は困り顔である。

「うーん、でも、ここで長居しちゃうと、他のお客さんたちに迷惑をかけちゃうから、やめた方がいいかな」

教室内を見回すと、先生の言うとおり、八割がた席がうまっていた。ちょうど暑い時間帯なので、冷えたドリンクをもらって一休みしている人たちが多いようだ。

「そんな……」

江本が泣きそうになる。

「十分くらいなら大丈夫ですよ」

すごく聞き覚えのある声が瞬太の背後からした。しかもこの、鼻になじんだにおいは……。

「父さん!?」

なんと父の吾郎《ごろう》が、よそのお母さんたちにまじって、ドリンクを渡す係をやっているではないか。ポロシャツの上には、おそろいのエプロンまでつけている。

すっかり忘れていたが、そういえば文化祭ではＰＴＡの休憩所がどうのこうのとみどりが言っていたんだった。

「その子は、瞬太の友達かな？」

「うん、一緒のクラスで、新聞同好会の江本だよ」

「こんにちは」

慌てて江本は頭をさげた。

「それから、教育実習に来ていた香取先生と、同じクラスの女子たち」

「どうもどうも、うちの瞬太がお世話になっています」

どうも、と、みんな挨拶を返す。

「あらあら、沢崎さんの息子さん？　着物が似合うのねぇ」

「そのもふもふの猫耳かわいいわよ」

ＰＴＡのお母さんたちから、からかいまじりのほめ言葉をもらった。

「あ、あの、十分間だけ、ここで手相占いやってもいいかな？」

「いいわよ、十分でも二十分でも。かわいい男の子は大歓迎だから」

母親たちがけらけらと笑う。

「じゃあお言葉に甘えて、お願いしちゃおうかな」

つられた香取先生からも、笑顔がこぼれる。

「は、はい」

江本は祥明のお手本通り、とはいかなかったが、なんとか香取先生の手相占いを無難にこなすことができた。

結局、手を握るというよりも、ほんの少してのひらにふれるくらいしかできなかったのだが、それでも江本の首筋は真っ赤だった。

終始、江本はかちんこちんに緊張していて、せっかくのチャンスを楽しむ余裕などかけらもなさそうだったが、横で見ていた瞬太は、幸せのおすそわけをしてもらったようないい気分を満喫させてもらったのであった。

七

その頃。

飛鳥高校に到着した沢崎みどりは、まずは新聞同好会の手相占い屋に行ってみた。

瞬太は午前中ずっと手相占い屋で客よせをしていると言っていたはずだが、どうしたことか、老け顔の大柄な男子が教室の入り口に立っている。どうやら店番のシフトが変更になったらしい。

ハンカチで首筋の汗をおさえながら、先にホラー動画上映室にでも行って、それから吾郎のいるＰＴＡの休憩所に顔をだしてみようかしら、などと思案していた時。

「あっ……！」

ハンカチを持つみどりの手がとまった。

なんと、引っ越し先不明で連絡がとれなかった元入院患者が、占い待ちの客の列に並んでいるではないか。

「あなた、七月に入院していた萩本《はぎもと》さんですよね!?」

「えっ、どなたでしたっけ?」

男は驚いた顔をしている。みどりのことを覚えていないようだ。

だがこの男に間違いない。顔にまだ手術のあとが残っているのが何よりの証拠である。

「王子中央病院で看護師長をしている沢崎です」

「ああ、白衣じゃなかったからわかりませんでした。その節はどうもお世話に……」

萩本が言い終わらぬうちに、みどりは腕をとった。

「ちょっとお話があるのでこっちへ」

戸惑う萩本を廊下の隅にひっぱっていく。

「あの、話って何ですか?」

けげんそうな顔で尋ねられ、みどりは言葉につまった。「あなた化けギツネでしょう？」といきなり尋ねるのはさすがにはばかられるし、仮に尋ねてみたとしても、本当のことを答えるとは思えない。

「ええと、萩本さん、退院した時に忘れ物をなさっていたので、お返ししようと思ったんですけど、引っ越し先がわからなくて困っていたんですよ」

「えっ、そうだったんですか。すみません。何を忘れてましたか？」

「本です。黒っぽい表紙のぶ厚い文庫本」

「ああ、入院中に読んでいた小説ですか。あれはもう読み終わったからいいです。今入院している人にあげちゃうとか、適当に処分してもらえますか？」

「それはできません」

みどりは看護師長の威厳を発揮して、きっぱりと言い切った。

「そもそもあなたは、完治しないうちに勝手に通院を打ち切ったでしょう？　ちゃんと先生の診察を受けて、ついでに本を引き取って帰ってください。ナースセンターでお預かりしてますから」

「すみません、急な引っ越しで忙しかったものですから……」

ごにょごにょと萩本は言い訳した。

「必ず今週中に一回来てくださいね」

「はい」

「ところで」

みどりは、なるべくさりげなく切りだした。

「あなた、随分《ずいぶん》身体が細いけど、もしかして、ものすごく身が軽いんじゃない？」

みどりとしては自然に話題を誘導したつもりだったのだが、萩本は面食らったようだ。

「へ？　ああ、まあ、そうですね」

「何か体操とかやってたの？」

「そんなことはないんですけど、生まれつきなんですよ。死んだじいちゃんが化けギツネだったから、隔世遺伝《かくせいいでん》だろうって母親は言うんですけどね」

いきなり核心にせまる発言がとびだして、みどりは心臓が止まりそうになった。

「化けギツネ？　おじいさんが？」

あっはっ、と、明るく萩本は笑った。

「たぶん僕をからかったんだと思うんですけど、母は子供の頃、祖父が酔っ払って尻尾をだしてるところを見たことがあるなんて言ってましたよ。冗談じゃなければ、寝ぼけて見間違ったんでしょうね」

「もしかして、あなたにも尻尾がついてたりするの……？」

「まさか。尻尾なんてないですよ」

「じゃあ耳は？」

「耳？　普通ですけど、それがどうかしましたか？」

「ああ、いえ、別に」

よく考えたら、そんなに本格的なキツネ体質だったら、何かしら病院の検査でひっかかるに違いないのだ。瞬太を検査したことはないのであくまで想像だが。

「お母さんの話が本当だとしたら面白いと思ったんだけど、化けギツネなんているわけないわよね」

みどりは笑ってごまかした。

「いたら面白いだろうなとは僕も思うんですけどね。実は、飛鳥に在学中の従妹《いとこ》から、この高校にも化けギツネって言われている男子がいるって聞いて、見に来たんですよ。もしかして母が言っていたことは本当だったのかもしれないって」

「え、あら、まあ」

みどりはどぎまぎした。

今、飛鳥高校にいる化けギツネの男子といえば、他ならぬ瞬太にちがいない。

「で、その子が今日は手相占い屋にいるって新聞同好会のホームページにのっていたんですけど、いませんね。従妹に確認してみたら、どうもパソコン部と新聞同好会が結託して話題作りをしたようだ、とのことでした。みごとに踊らされちゃいましたよ」

萩本は照れくさそうに頭をかいた。

「あら、まあ」

みどりは答えに窮して、さっきから、「あら」と「まあ」ばかりを連発している。

「あ……！」

そこへひょっこりと、瞬太が戻ってきた。いつも陰陽屋で着ている童水干姿なので、遠目でもすぐにわかる。

萩本も気がついたようだ。

「ああ、あの着物の子ですか。なるほど、本当によくできたつけ耳に尻尾だなぁ」

どうしよう。今さらあのキツネ小僧はうちの息子です、と、言いだすのもばつが悪い。このまま人混みにまぎれて逃げだしてしまおうか、と、みどりは焦る。

しかし、ちょうどお客さんの波がとぎれて、瞬太とみどりの目があってしまった。

「母さん、こっちこっち！」

瞬太は大声でみどりに手をふる。

ああ、もう、何て間の悪い、と、みどりは心の中でため息をつくが、もうどうしようもない。

「あれっ？　息子さんなんですか？」

「ええ……」

ごまかしようがないので、みどりはしぶしぶ認めた。

「今、ＰＴＡの休憩所に行ったら、父さんがいてびっくりしたよ」

瞬太はみどりの困惑にはまったく気づいていない。

「あらそう」

「あれ、その人は？」

「あのね、この人、まえうちの病院に入院していた患者さんだったの。偶然ここでばったり会って……」

「入院してた人って……。あっ、このガーリック味のポテチの匂い！　もしかして例の人？」

「えっ、昨日食べたのに、まだにおいがついてる？」

萩本は慌てて、自分の手や腕をくんくん嗅ぐ。

「あのね、瞬ちゃん。この人、おじいさんが化けギツネだったから、すごく身が軽いんですって」

みどりはいろんな説明をすっとばして、いきなり本題にはいった。

「化けギツネ!?」

瞬太は驚いて問い返す。

「母がそう言ってるだけで、たぶん見間違いか冗談だと思うけどね」

「おじいさんはまだ生きてるの!?　元気!?」

初めて自分以外の化けギツネと会えるかもしれない、と、瞬太は興奮し、たて続けに萩本に尋ねた。

「残念ながら、僕が小学生の時に死んじゃったんだ」

「そうか……」

ふさふさの長い尻尾がしょんぼりと床にむいてたれる。

「化けギツネに興味あるの？」

「ええと、その……」

瞬太は答えにつまって、目でみどりに助けを求めた。

「コスプレの参考にしたかったのよね、瞬ちゃん」

「あ、うん、そうなんだ。おじいさんってどんな人だった？」

「うーん、お酒が好きな、明るい陽気な普通の年寄りだったたな。あと、祖母とすごく仲が良くて、いい年をして手をつないで銀座《ぎんざ》を歩いたりしてたらしい」

「へえ、人間と化けギツネのカップルでもうまくいくんだね！」

瞬太は顔を輝かせた。

「まあ、化けギツネだったとすればだけど」

萩本は苦笑いでうなずく。

「ところで瞬太、お店に戻らないでいいの？　けっこう並んでるわよ？　十二時まで当番だって言ってなかった？」

瞬太が余計なことを言いださないうちに、と、みどりはさっさと瞬太を追い払うことにした。

「あっ、そうだ。戻らないと」

瞬太は化けギツネだったという萩本の祖父のことをもっと聞きたかったのだが、そうもいかない。

「じゃあまた今度」

瞬太は名残《なごり》惜しそうに萩本に挨拶すると、占い屋の教室にはいっていった。


教室の中では、高坂が占い師の席について鑑定中だった。

高坂は祥明に言われた通り、分析しすぎないように気をつけながら無難にこなしているようである。

岡島は瞬太にかわって、教室の入り口でお客さんを案内したり、チラシを配ったり、列を整理したりしている。

江本はまだ戻ってきていない。

「委員長、交代時間より早く来てくれたんだ」

瞬太が言うと、岡島は、いやー、と、鼻の頭をつまみながら苦笑した。

「おれ一人で本を見ながらやろうとしたけど、どうにも無理だったから、メールで緊急呼びだししたんだ。ちゃんと占えとか、怒りだした女子がいてさ。せっかく女子の手を握り放題のチャンスだったんだけど、やっぱり占いは難しいな」

「そうだったのか。大変だったな」

「まあな。でももう大丈夫だよ。ここはこのままおれと委員長でやるから、おまえは他をまわってこいよ。朝からずっと客よせパンダならぬ客よせキツネをやってて、うちのクラスの迷路すらまだ行ってないだろ?」

「そうか、ありがとう」

「あ、着物だけ貸してくれ。それがないと占い屋っぽい雰囲気でないからさ。サイズが小さくて無理かな?」

岡島は瞬太より身長も体重も二回りばかり大きい。

「洋服みたいにきっちりしてないから、なんとかなるんじゃないか?」

二人はあいている教室で着替えた。瞬太はクラスのみんなでつくったおそろいのTシャツに着替え、岡島が童水干姿になる。岡島の着付けは瞬太が手伝ったのだが、自分が着るのと他人に着せるのとでは勝手が違って、少し手間取ってしまった。

「……こういうの、つんつるてんっていうのかな……」

にょっきりでた毛深い腕や膝下を見ながら、岡島は顔をしかめた。おっさん顔ともあいまって、おそろしく似合っていない。まるで野武士《のぶし》だ。

「えーと……涼しげでいいんじゃないかな？」

瞬太は精一杯フォローする。

「まあいいや。行ってこい」

「ありがとう」

一応、占い屋の周辺を探してみたが、もうみどりと萩本の姿は見えなくなっていた。手相占いはあとまわしにすることにしたらしい。

「となると、あそこだな」

実は瞬太には、交代時間になったらまっさきに行こうと決めているところがあった。陶芸部だ。三井が陶芸室で、作品の展示即売をやっているはずである。

瞬太は足取りも軽やかに、陶芸室へはいっていった。

しかし三井の姿はなく、よく陶芸室で見かけた他の部員たちが三人ばかり、おしゃべりをしながら店番をしている。

「いらっしゃい。ゆっくり見ていってね」

「あの……三井は？」

「三井さんは今、クラス企画の方の当番に行ってるよ」

「ありがとう」

瞬太は大急ぎで自分のクラスへ走った。

教室の入り口から中をのぞくと、瞬太が調達した段ボール箱の紙で教室の下三分の一ほどがおおいつくされていた。

ぱっと見ただけではただ教室内に低くて広い段ボールハウスを作ったようにしか思えないが、実はこの中はこまかく仕切られた迷路になっているのである。

「まるで巨大な秘密基地みたいだな」

瞬太はあらためて自分のクラスの力作に感心した。

「沢崎もはいってみる？　今ならわりとすいてるよ」

教室の入り口ではタイタニックのヒロインになりそこねた島田《しまだ》が案内係をしていた。

やっぱりクラスTシャツを着ている。

「うん、はいってみようかな」

「じゃあ行ってらっしゃい」

島田は段ボールの小さな扉をぺろりとめくりあげた。扉の先は、細く暗い通路になっている。通路の幅は六十センチ、高さも八十センチほどしかない。

瞬太は膝をつくと、四つん這いで通路にはいった。

あっというまに扉が閉められてしまい、真っ暗になる。といっても瞬太は普通の人間と違って、ある程度、夜目《よめ》がきくので、さくさく進みはじめた。

普通の迷路と違って、段ボール迷路はとにかく狭く、暗い。さすがに高さが二メートルもあるような迷路を一日で作るのは大変だし、そんなに大量の段ボールを持ってくるのも無理があるからだ。

上も段ボールでふさがれているので、よくテレビドラマや映画で見かける、エアダクトの中を進むシーンに似ている。途中、分岐点が三ヶ所あり、そこではクイズ係が待っている。出されたクイズに正解できないと、ぐるぐると通路をまわり続ける羽目になるのだ。

最初の分岐点は、「校長先生の下の名前は春彦《はるひこ》か、秋彦《あきひこ》か。春彦だと思うなら左へ、秋彦だと思うなら右へ」というものだった。下の名前どころか名字すらわからない瞬太は、適当に答える。

　次の分岐点が近づくにつれて、いつものいい匂いがしてきた。案の定、クイズ係は三井である。クラスTシャツがよく似合っている。

「あ、沢崎君」

　キャンプ用カンテラのほのかな明かりに、三井の小さな顔がうかびあがる。

「新聞同好会の当番は終わったの？」

「うん。今は委員長と岡島が店番をしてる」

「そうなんだ」

　三井は目をふせた。

「……あのね、沢崎君。ずっと言わなきゃと思ってたんだけど……」

「な、何……？」

　聞かないでも何となくわかる。きっと例の、パソコン部の記事のことだろう。

　いい機会だ。今度こそ本当のことを打ちあけよう。幸い近くには誰もいないし。

　あれ、近くに人がいないってことは、つまり……？

今、自分は暗くて狭いところで三井と二人きりだ。そう思っただけで、心臓がドキリとする。

落ち着け、おれ。見えないだけで、この迷路の中には他にも何人も人がいるはずだ。

「校内ホームページで読むまで、あたし、沢崎君が、その、養子だって知らなくて……。沢崎君とご両親は仲が良くてうらやましい、なんて、愚痴みたいなことを言ったりして、本当にごめんね」

三井は小さな声で謝った。

「ああ、そんなこと気にしないでいいよ。実際、うち、わりと仲良いと思うし」

「そう……？」

「うん。実の親子じゃないのに、仲が悪かったら、一緒になんて暮らせないしね」

何の気なしに口をすべらせた瞬太の言葉に、三井の顔がさっとこわばった。

「そ……そう、なの、かな」

どう答えたものか、三井は困りはてている。完全に余計な一言だったようだ。

「えー、あー、いや、今のはもしもっていう仮の話。とにかくうちは、仲良しだから」

「うん」

「たまにちょっと過保護すぎて恥ずかしい時もあるけど。大晦日《おおみそか》の狐の行列にこっそりついて来られた時とかさ。今日だって、父さんと母さん両方来てるんだよ。高校の文化祭に両親がそろって来るなんて、よく考えたら変だよね？」

「そうかもね」

三井の表情が、ふっとゆるむ。

やっぱり三井の笑顔はかわいいなぁ。

瞬太は胸がきゅんとときめくのを感じる。

「あれ？　沢崎君？」

三井は不思議そうな表情をして、首をかしげた。

「な、なに？」

「コンタクトをつけてるの？」

「コンタクト？」

「うん。目が金色にきらきら光ってる」

「う⁉」

しまった、と、思うが、もう遅い。この程度の変化は、明るい場所だったらきっとわからなかったに違いない。だが、暗い場所なのでばれてしまったのだ。店ではいつもこの目なんだし、コンタクトだということにしてしまおう。三井だって、そう思っているからこそ、たいして驚いていないじゃないか。

「あ、さっき着替えた時はずすの忘れちゃったな。いつもお店で使ってるコンタクトだよ」

「そうなんだ、今日初めて気がついた。きれいだね」

「え、そ、そう？」

「うん」

全然疑っていないのか、それとも、あえて気づかないふりをしてくれているのか。

三井はにこにこ笑っている。

「じゃあ、クイズいくね」

「本物だよ……」

瞬太はポソリとつぶやいた。

「え？」

「コンタクトじゃない。この目、本物なんだ」

「ほん……もの？」

三井は大きく目をみはった。それから何度も、目をしばたたいた。瞬太の顔を見つめたまま、あっけにとられている。

「コンタクトじゃなくて、本物の……目？」

「ごめん！」

瞬太はいたたまれなくなって、右の分岐にむかってかけこんだ。

「あっ、沢崎君、クイズは!?」

背後から三井の声がするが、聞こえなかったふりをしていっきにすすむ。

とうとう言ってしまった。

どうしよう。

どうなるんだろう。

瞬太の心臓は破裂しそうな勢いで早鐘《はやがね》を打っている。

無闇に走り回り、出口から飛びだした。

八

瞬太は、とにかく一人になって落ち着きたかったのだが、今日は学校中が人であふれかえっている。

結局、他に行くあてもなく、新聞同好会の手相占い屋に足がむいてしまう。

「どこに隠してるの!?　だしなさいよ！」

「やめてください、お母さん」

廊下を歩いていると、占い屋の方から、何だかもめているような声が聞こえてきた。しかも片方は、すごく聞き覚えがある声だ。もう片方も、何だか聞き覚えがあるような……

「そもそもどうしてこんなところに来たんですか？」

「答えないでもわかってるでしょ!?」

嫌な予感がする……

今すぐUターンした方がいいかもしれない。

「あれ、何を騒いでるの？」

「さあ……」

まわりの生徒や来場者たちのざわめきに混じって、高い女性の声がひびいた。

「あなたをたぶらかしてる化けギツネをこの目で見たかったのよ！　尻尾と耳があるんでしょ⁉　だしなさいよ！」

えっ⁉

瞬太は廊下で立ちすくんだ。

もう一度、声のした方に目をこらす。

占い屋の入り口で、髪の長い女の人が岡島の着物の襟《えり》をつかんで、ゆさぶっている。

後ろ姿しか見えないが、この声とこの匂いは……まさか……

「おれ、尻尾なんか出せないですよ〜〜〜」

岡島が困りはてた顔で答えている。

「はなしてください！　その子はどう見てもキツネじゃないでしょう⁉」

岡島から女の人をひきはがそうとしているのは、白いホストスーツを着た長髪の男。

つまり。

「祥明⁉」

瞬太を見て、祥明は、しまった、という顔をした。

「その女の人……もしかして、祥明のお母さん⁉」

「あなたが化けギツネね！」

優貴子がくるりと振り返った。あいかわらずきれいな人だが、乱れ髪が顔にかかって、ちょっと妖怪っぽい。

優貴子は岡島を突きとばすと、瞬太をじっと見つめた。

「あの……二人とも、なんで、うちの高校に？」

「母を止めるためだ」

祥明は苦々しい表情で答える。

「それは見ればわかるけど……」

「あたしはあなたをこの目で確認しに来たのよ、化けギツネ君。はじめまして、祥明の母です」

優貴子はあやしい眼差しで、不気味な笑みをうかべた。

高坂や他の生徒たちが、遠巻きになりゆきを見ている。

「え……と、おれ、祥明のお母さんに会うのこれで三回目だけど……」

「あらそう？　どこかで会った？」

「陰陽屋で……」

「そうだったかしら？」

どうやら瞬太のことはまったく記憶にないらしい。というか、祥明以外の人間は常《つね》に眼中にないのだろう。

「会ったっていうか、お母さんが祥明ともめてるのを見ただけだけどね」

「とにかく、もうキツネ君を見たんだから満足したでしょう？」

「そう……この子が例の、キツネの子なのね」

優貴子の目がらんらんと輝く。

なんだか怖い……

瞬太は思わず後じさったが、優貴子にガシッと両手で頰をはさまれた。親指と人差し指で、ほっぺをムニッとつままれる。

「かわいい顔しちゃって、この泥棒狐《どろぼうぎつね》！」

優貴子は瞬太の頰をきゅーっとつねった。

「い、いたた、痛いよ、おばさん」

　瞬太はじたばたもがくが、優貴子の力が予想外に強くて逃げだせない。

「祥明、あなた、この子がいるから王子でお店をはじめたんでしょ？」

「誤解です。キツネ君がうちで働きはじめたのは、王子で陰陽屋を開店した後ですから」

「本当に？　この珍しい妖狐《ようこ》のせいで、うちに帰って来ないんじゃないの？　ママに嘘は通用しないわよ。近頃ではすっかりおじいちゃんまでこの子に夢中じゃないの」

　優貴子は瞬太の両耳をギュッとつかんで、ムニムニともみはじめた。

「ちょ、やめてよ、おばさん、痛いって」

「キツネの耳をだしなさいよ」

「あれはつけ耳だから……」

　本当はつけ耳ではないのだが、こんな人前で変身できるわけがない。

「嘘おっしゃい。尻尾だって隠してるんでしょ？　ちゃんと知ってるんだから隠しても無駄よ～」

　くっ、くっ、くっ、と、あやしい笑みをうかべながら優貴子は瞬太を問いつめてくる。

まさか祥明のじいちゃんが話したのか？　そんなはずはないと思うが……。

「店長さん、この女性はどなたですか？」

「三人でいったい何をしてるんですか……？」

今度はみどりと吾郎の登場である。二人ともわけがわからず、あっけにとられている。

「沢崎さん、いいところへ。すみませんが手伝ってください」

祥明は吾郎に助けを求めた。

「はあ、構いませんが」

吾郎は戸惑い顔でうなずく。

祥明と吾郎は二人がかりで優貴子を瞬太からひきはがした。瞬太は三歩ばかり後ろに逃げると、両手で耳を隠す。

「ママをはなしなさいよっ！」

優貴子は祥明の腕をふりほどこうとしてあばれている。

「キツネ君、逃げろ！」

優貴子を後ろからはがいじめにしながら、祥明が叫んだ。

「えっ!?　どこへ!?」

「どこでもいいから！　早く！」

「わ、わかった」

祥明に命じられるまま、瞬太は大急ぎで廊下を走り、階段をかけあがる。気がついたら、いつも弁当をひろげる屋上にでていた。

さすがに誰もいない。

走ったのと暑いのとで、身体中から汗がふきだす。

「あー、痛かった。祥明のお母さん、どうしておれが化けギツネだって知ってるんだろ」

優貴子にひっぱられた頬や耳をさすりながら、瞬太はため息をついた。

また優貴子に見つかったらやっかいだし、しばらくの間は、ここにひそんでいるしかない。

まいったな、と、つぶやきながら、瞬太は日陰に座り込んだ。

優貴子の騒動にも驚いたが、それよりも瞬太の心に重くのしかかっているのは三井のことだ。

「三井、びっくりしてたなぁ……。やっぱり言わなきゃよかったのかな」

あーあ、と、頭をかかえてうつむいた。


瞬太が人混みに消えていくのを確認すると、祥明は、ふう、と、嘆息をもらした。

「さ、お母さん、行きますよ」

優貴子の腕をつかんで、外へ連れだそうとする。

「イヤ！」

優貴子はプーッと頬をふくらませた。まるで子供である。

「嫌じゃないでしょう。みんなあきれてますよ」

「えー」

「いいかげんにしなさい、優貴子」

遠巻きに騒動を見守る人たちの間をぬって、上品な口髭《くちひげ》の紳士があらわれた。この暑いのに、きちんとネクタイをしめている。さすがにワイシャツは半袖だが。

「憲顕さん!?」

「早かったですね、お父さん」

「ちょうど所用で近くの大学にいたものだから、お祖父《じい》さんの連絡をうけて、急いでタクシーをとばしてきたんだ」

「助かります」

「さ、優貴子。タクシーを待たせているから、一緒に国立に帰ろう」

「でも……」

憲顕は優貴子の腕をとった。それでも優貴子はその場を動こうとしない。

「お母さん、いい加減にしないと怒りますよ」

「ヨシアキ……」

「それから、これだけは言っておきます。今度うちのキツネ君に近づいたら、二度と口をききませんからね」

祥明は珍しく、真顔で言った。

「えええっ、ひどいわヨシアキ！」

「息子にひどいことをさせたくなければ、お母さんが節度を守ってください」

「わかったわ……」

優貴子は不承不承うなずく。

「みなさん、お騒がせしました。私たちはこれで退散しますので、どうぞ文化祭をおおいに楽しんでください」

憲顕は謝罪を述べると、丁寧に頭をさげた。

「ところでヨシアキ」

憲顕はきょろきょろとあたりを見回しながら、祥明に小声で尋ねる。

「その、くだんのキツネ君というのはどこにいるのかね？」

「お父さん……」

「やっぱりあなたも化けギツネの子に興味津々なんじゃない！　この学者馬鹿！」

キーッ、と、優貴子は夫の顔に爪をたてようとする。

「冗談だよ、冗談」

憲顕は右手で優貴子の腕をしっかりとつかみ、左手で爪攻撃から顔を守りながら去って行った。

「やれやれ……」

立ち去る二人を見ながら、祥明は右手でこめかみをおさえた。

「祥明さんのご両親って、美男美女だけど、何だかかわった方たちなのね……」

みどりに言われて、すみません、と、頭をさげる。

「それでは私もこれで」

祥明もそそくさと立ち去ろうとした。

「あら、もう帰っちゃうんですか？」

みどりは残念そうである。

「さっきもらったチラシに、新聞同好会では陰陽屋さん直伝の手相占いをやってますって書いてあったけど、師匠である祥明さんは占わないんですか？」

このみどりの一言がきっかけだった。

「えっ、陰陽屋さんが占ってくれるの!?」

「あたしも店長さんがいい」

それまで遠巻きに騒ぎを見物していただけの女性たちが、突然、我に返ったように大声で主張しはじめたのである。

「今日は高校の文化祭ですから、生徒たちにまかせようと思います」

「あら、ＰＴＡだってお店だしてるわよ。休憩所とかバザーとか」

「いやいや、私はPTAでもありませんし……」

脱出のタイミングをはかっていた時、そっと背後から高坂が近づいてきた。

「店長さん、このまま校内で騒ぎだけおこして逃げ帰ったら、陰陽屋さんの悪い評判がたってしまうかもしれませんね。校内はもちろん、PTAやご近所のみなさんの間で」

「……メガネ少年……」

「僕の気のせいだといいんですけど」

顔ではにっこり笑っているが、これは脅迫である。

「……わかったよ」

祥明は心の中で、チッ、と、舌打ちした。

「まあでも、せっかくのお祭りですから、特別に五名さまだけ鑑定させていただきます。ジャンケン勝負の用意はよろしいですか？」

祥明が営業スマイルでよびかけると、キャーッと女性たちから歓声があがった。

それから三十分間。

熱いジャンケンバトルを勝ち抜いた老若男女にむかって、「こんなチャーミングな手相はなかなかありませんよ」「手相を見ないでもわかります。あなたは同時に何人もの女性に想いをよせられて困ったことがありますね」などと、歯のうくような言葉をささやき続けた祥明であった。

「沢崎、起きて、沢崎。こんなところで寝てたら、熱中症になっちゃうよ」

「あれ、委員長？」

いつものように瞬太を起こしてくれたのは、高坂だった。いつのまにか屋上で寝込んでいたらしい。

「何度携帯にメールしても返事がないと思ったら、こんなところで寝てたとはね。もう文化祭は終わって、みんな片付けや後夜祭の準備をしてるよ」

「あー、考え事してると、たいてい眠くなっちゃうんだよ。ごめん。おれも片付けに行くよ」

「いや、手相占い屋はたいした内装もしなかったし、江本と岡島の二人で十分だと思うよ。二人とも心配してるみたいだったから、一応連絡しとくけど」

そう言いながら、高坂は携帯メールを打っている。

「何かややこしいことでも考えてた？　店長さんのお母さんのこと？」

「あー、それもある。あの後、占い屋はどうなったの？」

「店長さんのお父さんが、お母さんを連れて帰ったよ。その後、店長さんが占いを手伝ってくれて助かったな」

「祥明が人助けをやったのか⁉　地面から雨が降っちゃうよ⁉」

「さすがにお母さんが騒いだことに責任を感じたみたいだね」

「ふーん？」

瞬太は首をかしげた。

「まあ、まるくおさまったのなら、それでいいんだけど……」

瞬太は、ふう、と、息を吐いた。

「他にも何か気になることがあるんだね？」

「う……。実は……迷路の中で、三井がクイズ係をしてたんだけど」

瞬太が事情を説明すると、高坂はいたずらっぽい笑みをうかべた。

「三井さんにびっくりされたことの何がショックなの？」

「えっ⁉」

「キツネ目が本物だって言われたら、普通、驚くよね？　もしかして、驚かないだろうと思ってたわけ？」

「そう言われると……驚かれてあたりまえなんだけど……。でも、怖いとか、気持ち悪いとか思われたんじゃないかなって、心配になって……」

「三井さんが怖いって言ったの？」

「ううん」

「じゃあ、気持ち悪いって顔した？」

「うーん……何だか不思議そうな顔してたな」

「そりゃ、不思議だろうね」

高坂はクスクス笑う。

「そ、そうか……」

何だか急に恥ずかしくなって、瞬太は顔を赤らめた。

「やっぱり、おれ、片付けに行ってくる」

瞬太はぱっと立ち上がった。

遅ればせながら瞬太が行ってみると、新聞同好会の手相占い屋があった場所は、すっかり普通の教室に戻っていた。

「ごめん、おれ、いつのまにか屋上で寝てた……」

岡島と江本に頭をさげる。

「今日は珍しく朝からずっと起きてたもんな。疲れたんだろう」

ぷぷっと岡島が笑う。

「あ、陰陽屋の着物、そこにたたんどいたから。ありがとな。忘れずに持って帰れよ」

「ああ、そっか」

「それより、聞いてくれよ、沢崎!」

江本は興奮して、ちょっと声がうわずっている。

「どうしたんだ？」

「なんと、あの後、香取先生が女子たちとメアド交換しはじめたんだよ。で、おれも女子たちにまぎれて、先生のメアドを教えてもらっちゃったんだ！」

「まじか!? よかったな！」

「うん、おれ、がんばって手相覚えてよかったよ！」

江本は嬉しさのあまり、半べそ状態である。

「おめでとう、江本！」

「沢崎、ありがとう！」

「江本！」

「沢崎！」

二人はぎゅっとお互いの肩を抱きしめた。

もしかしたら江本は一生、香取先生にメールをだすことはないかもしれない。

でも、メールアドレスを教えてもらえた。それだけで十分じゃないか。

瞬太はまたも幸せのおすそわけをしてもらい、感動にひたったのであった。


午後三時三十分。

パソコン室は、まさに死屍累々《ししるいるい》の状態であった。

前夜になって自作ゲームに大きなバグが見つかり、決死の修正作業をおこなって、徹夜で文化祭本番をむかえた者が何人もいたのである。

「片付けは明日にしようか……」

部長の神崎が疲れはてた声で言う。

「とにかく、無事に文化祭を乗り切れてよかった。ゲームチーム、ＣＧチームのみんなは特にお疲れさまでした」

全員が弱々しい笑みをうかべる。

「浅田君」

神崎に名前を呼ばれて、浅田は近くへ行く。

「何でしょう？」

「明後日《あさって》までに文化祭レポートまとめた記事を書いてくれる？」

「今日中に書けますよ！」

「明後日でいいわ。どうせ先生のチェックをもらうのに一日二日はかかるから」

「はい……」

浅田は悔しそうな顔で、右手を握りしめた。

沢崎化けギツネ記事以来、校内向けのホームページにまで顧問の先生から許可をもらうというルールになってしまった。おかげで、今日も一時間おきに速報を流す予定だったのに、すべて中止となってしまったのである。

それもこれも、高坂が「沢崎のプライバシーを侵害した」とクレームをつけてきたせいだ。

聞いたところによると、沢崎本人は、「どうせみんな知ってることだし」と、けろりとしているというから腹がたつ。

いや、何より悔しかったのは、浅田が書いた記事に便乗する形で、高坂が手相占い屋の宣伝をうってきたことだ。

何が「本物の化けギツネと信じた人までいる」だ。

絶対に沢崎は本物だろう。

それなのに世間では、まるでパソコン部と新聞同好会がタイアップで宣伝をおこなったかのような誤解が生じ、しかも、実際に今日、手相占い屋は大盛況だったのだ。

もちろん我がパソコン部の足もとにもおよばない列だったとはいえ、自分の記事が手相占い屋の宣伝に利用されたのが、まったくもって赦《ゆる》しがたい。

ちくしょう、覚えておけ、高坂め！

いつかぎゃふんと言わせてやる！

浅田は窓から見える太陽にむかって、熱く誓ったのであった。

九

後夜祭のバンド演奏やダンスパフォーマンスの音楽がにぎやかに流れる中、瞬太は校門を出て陰陽屋へむかった。今日はいろいろありすぎて後夜祭に参加する気分じゃなかったし、童水干を陰陽屋のロッカーに返しておきたかったのだ。優貴子があの後どうなったのかも気になる。

陰陽屋の前に着くと、念のため、瞬太は黒いドアに耳をよせて、中の気配をうかがってみた。

人の話し声がする。一人は祥明だ。あと一人、ドアの隙間からもれてくるこのいい匂いは……。

瞬太は急いで店のドアをあけた。

「三井!?」

「よかった、沢崎君、来てくれて」

「なんで陰陽屋に……?」

占いだろうか。いや、そんな雰囲気ではない。祥明は白いスーツのままだし、第一、今日は定休日である。

瞬太が首をかしげていると、三井は鞄から、布のつつみをとりだした。

「これ、沢崎君が予約してくれたお皿」

「あっ」

いろいろとバタバタしているうちに、すっかり陶芸室まで引き取りに行きそびれてしまったのである。

「ごめん、陶芸室に行った時、ちょうど三井がいなくて……」

「うん、先輩に聞いた。だから持ってきたの。このお皿、沢崎君のイメージで焼いてみたんだけど……」

三井がとりだした長方形の皿は、明るいクリーム色で、右下に草や魚の絵がはいっていた。

「最初は狐の絵にしようかと思ったんだけど、沢崎君に狐の絵っていうのは、安直すぎるかなって思って……」

「すごくいいよ、ありがとう」

「キツネ君にはもったいないくらいですね」

祥明にほめられて、三井ははにかんだような笑みをうかべた。

「そんなことは全然ないですけど、ありがとうございます」

「えっと、いくら？」

瞬太はポケットから財布をひっぱりだす。

「いいよ、無料で」

「だめだよ。部費のたしにするんだろ？」

「うん。じゃあ、二百円でいいかな？」

瞬太は二百円を渡して、皿を受け取る。

「じゃあ、また明日、学校で」

三井は財布をしまうと、鞄を持って立ち上がった。

今、言わないと。

次のチャンスはいつになるかわからない。

もしかしたら、もう二度とめぐってこないかもしれないのだ。

「あの、三井」

瞬太も立ち上がった。

「え？」

「さっきは、びっくりさせてごめん。目のことで……」

「ううん、話してくれてありがとう。何となく、このまま話してくれないのかなって思ってたから驚いたけど、でも、嬉しかった」

「えっ、そう？」

嬉しい？　それはどういう意味だろう。

瞬太の心臓がドクンと跳びはねる。

「何て言うか、やっとあたしも友達として信頼されたのかな、って」

「と……友達……として？」

「うん」

三井は本当に嬉しそうな顔で、にこにこしている。

「ええと、今までも別に三井のことを信頼してなかったわけじゃないんだけど、何となく言いそびれてて……」

「気にしないで」

ふふふ、と三井は笑う。

「バイトの邪魔をしてごめんね。また明後日、学校で」

「あ、うん、また」

「あの……店長さん、いろいろありがとうございました」

三井は祥明の方をむくと、ほんのり頬を染めて、ぺこりと頭をさげた。

「またいつでもどうぞ」

三井が立ち去ると、瞬太はがっくりと肩をおとして、ため息をつく。

「友達か……」

「このままだと、親友にむかって一直線だな。まあがんばりたまえ」

「うう……。ところでさっきの、いろいろありがとうございましたって何だよ!?」

瞬太は顔をあげて、祥明を問いただした。

「ちょっと相談にのってあげただけさ」

祥明はしれっと答える。

「何を!?」

「さてね」

祥明は思わせぶりな笑みをうかべた。

「気になるじゃん、もう」

瞬太は不満そうに唇をとがらせる。

「ところで、あの後、祥明のお父さんが来たんだって？」

瞬太が尋ねると、祥明の顔がいきなり曇った。

「ああ、母を引き取りにね。母には、今度キツネ君にちょっかいをだしたら、二度と口をきかないぞ、と、きつく言っておいたが……いつまで効き目があることやら」

深々と、長いため息をつく。

「それにしても、何だっておれのことを見に来たりしたんだろう？」

「そもそものきっかけは、キツネ君の菓子ドカ食いだ。あれでおまえの存在が気になりだしたらしい」

「うっ」

そういえば、そうだった。

「その後、お隣の倫子ちゃんから、陰陽屋にはキツネの格好をした高校生アルバイトがいることを聞きだしたようだ」

「ああ、離婚騒動をおこした倫子さんかぁ」

「で、ある日、陰陽屋でネットの検索をかけたら、たまたま化けギツネや手相占い屋がどうのこうのっていうのがひっかかったんだろうな」

「もしかして、陰陽屋直伝の手相占い、本物と信じた人もいる沢崎君の見事な化けギツネぶりをその目で確認できます……っていう内容じゃない？」

「そんな宣伝をしてたのか？」

「うん。委員長がパソコン部の記事をフォローするために書いてくれたんだ……」

「またメガネ少年の仕業《しわざ》か」

祥明はチッ、と、鋭く舌打ちした。

「委員長はいつもはホームページでの宣伝なんてしないんだけど、今回はパソコン部の記事を見た人たちに見てもらわなきゃ、ってことで、特別だったんだ」

「対象を限定したつもりでも、クチコミであっという間に情報がひろがっていくからな。まあ、そういうわけで、母もキツネ君を見物に来たというわけさ」

「見に来ただけ……だよね？」

瞬太はおそるおそる尋ねる。

「いくらなんでもキツネ君は捨てられないだろう。ジョンと違っておとなしく背負われないだろうし。いや、でも、眠りこけている時なら捨てに行けないこともないか？」

「うっ」

「捨てられてもにおいをたどってあっという間に帰ってこられるから平気だろう？」

「まあね」

ほめられているのかけなされているのかよくわからない。

「しかし冬に新聞で読者スクープ大賞をとった時といい、今回といい、メガネ少年が陰陽屋について書くと、ろくなことにならないな」

「初めてお母さんがここに来たのも、新聞にのった委員長の記事を見て知ったからだったもんね……。あ、でも、いいこともあったんだ。母さんの病院に入院していたすごく身の軽い患者さんも、委員長の宣伝のおかげで、手相占い屋に来てくれたんだよ。おじいさんが化けギツネだったんだって！」

「ほう」

祥明に詳しい話をしながら、瞬太は気持ちが浮上してきたのを感じる。

そうだ。今日はいいこともあった。

萩本さんのおじいさんとおばあさんは、たぶん化けギツネと人間だったけど、ずっと仲良しだったんだ。

「なるほど、そんなこともあったのか。メガネ少年がすっかり復調したようで残念に思っていたが、たまには役にも立つんだな」

祥明の声に、とげとげしいひびきがある。

「残念って……今日、何かあったの？」

「手相占い屋でただ働きをさせられたのさ」

「祥明が自発的に手伝ったわけじゃなかったんだ」

「あたりまえだろう。このままだと、校内はもちろんＰＴＡやご近所のみなさんの間で、陰陽屋さんの悪い評判がたってしまうかもしれませんね、なんて言われたら、何もせずに帰るわけにはいかないじゃないか」

委員長の脅迫に負け、いやいや手伝わされたというのが真相だったらしい。

「じゃあ、地面から雨が降る心配はないか」

「つまらない心配をしてないで、おまえは自分の身を守ることだけ考えておけ。とりあえず、護符でも持っておくか？」

「それって無料？」

「もちろんバイト代から天引きに決まってる」

「……じゃあ王子稲荷でお守りを買うからいいよ」

おまえはどこの店員だ、と、文句を言われるかと思ったが、祥明は眉を片方つりあげただけだった。

「キツネ君の場合はその方がいいかもな。もうおまえの巻きぞえはこりごりだから、早速今日行ってこい」

「わかった」

瞬太はうなずいて立ち上がった。

「……あれ？」

黒いドアのノブに手をかけてから、くるりと振り返る。

「なんだ？」

「あのさ、おれが祥明とお母さんの騒動に巻き込まれたんじゃないか？」

「よく気づいたな」

祥明は肩をすくめた。

「おれもお稲荷さんに行っとくか……」

のっそりと立ち上がる。

階段をあがると、商店街はやわらかな黄昏《たそがれ》の空気につつまれていた。西の雲は濃いオレンジ色とねずみ色に染まっている。

もう五時すぎなのに、まだ三十度近くありそうなしつこい残暑の中、二人はとぼとぼと歩きだした。ミンミンゼミとツクツクボウシが激しくなき声を競っている。

「あー、どこかからカレーの良い匂いがする。今日の晩ご飯は何かなぁ」

「ついでだから、おれは上海亭《シャンハイてい》で夕飯を食べて帰るか……」

王子稲荷の急な階段をのぼり、境内にでた。何本もの大木が長い影をおとしている。暑さのせいか、他に人かげはない。

拝殿にぶらさげられている大きな鈴を二人で同時にガランガランならす。瞬太はなけなしの四十五円を賽銭箱に入れると、手をあわせた。隣の祥明を見ると、貧乏なくせに、銀色の硬貨を放り込んでいる。

祥明のお母さんに、ひどい目にあわされたりしませんように。

両親をトラブルに巻き込んだりしませんように。

それから。
なにとぞ三井とうまくいきますように。
瞬太は耳の裏を赤く染めながら、深々と頭をさげたのであった。

参考文献

『現代・陰陽師入門　プロが教える陰陽道』（高橋圭也／著　朝日ソノラマ発行）
『安倍晴明　謎の大陰陽師とその占術』（藤巻一保／著　学習研究社発行）
『陰陽師列伝　日本史の闇の血脈』（志村有弘／著　学習研究社発行）
『陰陽師』（荒俣宏／著　集英社発行）
『野ギツネを追って』（D・マクドナルド／著　池田啓／訳　平凡社発行）
『狐狸学入門　キツネとタヌキはなぜ人を化かす？』（今泉忠明／著　講談社発行）

よろず占《うらな》い処《どころ》 陰陽屋《おんみようや》の恋《こい》のろい

天野頌子《あまのしようこ》

2012年3月5日初版発行
2013年9月14日第11刷発行

発行者…………坂井宏先
発行所…………株式会社ポプラ社
〒160-8565 東京都新宿区大京町22-1
電話…………03-3357-2212(営業)
03-3357-2305(編集)
0120-666-553(お客様相談室)
ファックス…………03-3359-2359(ご注文)
振替…………00140-3-149271
フォーマットデザイン 荻窪裕司(bee's knees)
印刷・製本 凸版印刷株式会社

乱丁・落丁本は送料小社負担でお取り替えいたします。
ご面倒でも小社お客様相談室宛にご連絡ください。
受付時間は、月～金曜日、9時～17時です(ただし祝祭日は除く)。

ポプラ文庫ピュアフル

ホームページ http://www.poplarbeech.com/pureful/

N.D.C.913/324p/15cm
ISBN978-4-591-12889-3

イケメン毒舌陰陽師とキツネ耳中学生の
へっぽこほのぼのミステリ!!

天野頌子
『よろず占い処　陰陽屋へようこそ』

装画：toi8

母親にひっぱられて、中学生の沢崎瞬太が訪れたのは、王子稲荷ふもとの商店街に開店したあやしい占いの店「陰陽屋」。店主はホストあがりのイケメンにせ陰陽師。アルバイトでやとわれた瞬太は、実はキツネの耳と尻尾を持つ拾われ妖狐。妙なとりあわせのへっぽこコンビがお客さまのお悩み解決に東奔西走。店をとりまく人情に癒される、ほのぼのミステリ。単行本未収録の番外編「大きな桜の木の下で」を収録。

〈解説・大矢博子〉

ポプラ文庫ピュアフルの好評既刊

イケメン毒舌陰陽師とキツネ耳高校生に
のっぴきならないピンチ到来!!

天野頌子
『よろず占い処　陰陽屋あやうし』

装画：toi8

ホストあがりの毒舌イケメン陰陽師、安倍祥明がよろず相談ごとをうけたまわる占いの店「陰陽屋」は、王子稲荷界隈のみなさまに支えられて順調に営業中……だったのだが、アルバイトの妖狐、狐耳少年沢崎瞬太の高校の熱血担任が乗り込んできてひと騒動。また、祥明に結婚をせまる女性客の来店など、次々とピンチが到来。へっぽこコンビの運命はいかに!?

大好評既刊『よろず占い処　陰陽屋へようこそ』待望の続編！

「和室を制する者は学院を制す」
猫又タマが貧乏花道部を救う!?

天野頌子

タマの猫又相談所　花の道は嵐の道

装画：加藤美紀

主人公は猫又のタマ。飼い主の草薙理生は、花道風月流の家元のひとり息子だが、高校生になったというのに弱気で泣き虫、タマの気をもませている。さて、理生が成り行きではいることになった聖涼学院花道部は、常識破りの貧乏部。その活動ぶりにとまどう一方、学院制覇をねらう茶道部との熾烈な部室争いに巻き込まれてたいへんなことに。「助けてタマ〜」やれやれ、おれがなんとかしてやるか。と、腰をあげるタマなのだった。

人気「陰陽屋」シリーズの著者が描く、猫と学園ほのぼのストーリー！

ポプラ文庫ピュアフルの好評既刊

史上最も有名な陰陽師、安倍晴明――
少年の成長をドラマチックに描く！

三田村信行
『風の陰陽師（一）きつね童子』

装画：二星天

きつねの母から生まれ、京の都で父親に育てられた童子・晴明は、肉親と別れ、智徳法師のもと、陰陽師の修行を始める。その秘めたる力は底知れず……。尊敬する師匠や友人たち、手強いライバルとの出会いを経て、童子から一人前の陰陽師へと成長してゆく少年の物語。賀茂保憲、蘆屋道満など、周囲の人物も含め、新たな解釈で描く安倍晴明ストーリー。第50回日本児童文学者協会賞受賞の長編シリーズ第1巻。

〈解説・榎本秋〉

めっぽう愉快でじんわり泣ける――

期待の新鋭による人情妖怪譚

小松エメル
『一鬼夜行』

装画：さやか

江戸幕府が瓦解して5年。強面で人間嫌い、周囲からも恐れられている若商人・喜蔵の家の庭に、ある夜、不思議な力を持つ小生意気な少年・小春が落ちてきた。自らを「百鬼夜行からはぐれた鬼だ」と主張する小春といやいや同居する羽目になった喜蔵だが、次々と起こる妖怪沙汰に悩まされることに――。

あさのあつこ、後藤竜二両選考委員の高評価を得たジャイブ小説大賞受賞作、文庫オリジナルで登場。

〈刊行に寄せて・後藤竜二、解説・東雅夫〉

まっすぐ突き進む超純粋男子高校生たちを描く
青春バドミントン小説!!

小瀬木麻美『ラブオールプレー』

装画：結布

中学の時ひょんなことからバドミントンを始めることになった水嶋亮。オファーを受けて進学した名門・横浜湊高校には文武両道イケメンエースの先輩をはじめ、無敵の双子ダブルスにクールな帰国子女など個性豊かなチームメイトたちが。かけがえのない仲間を得た水嶋たちは、さらなる高みへと挑んでいく！

三度のメシとバドミントンな超純粋高校生たちを瑞々しく描いた青春バドミントン小説。文庫書きおろし。

〈解説・大矢博子〉

音がはじける、胸が熱くなる、
何度でも読みたい青春バンド小説の傑作

伊藤たかみ
『ぎぶそん』

装画：ゴツボ×リュウジ

中学2年、「ガンズ・アンド・ローゼズ」に心酔した少年ガクは、仲間を集めてバンドをはじめる。親友のマロと幼なじみのリリイ。それに、「ギブソンのフライングV」を持っていてギターがうまいと噂——の問題児かける。ケンカや練習を経て、4人は次第に仲間になっていく。ガクとリリイの淡い恋、文化祭ライブ、14歳のできごとのひとつひとつが、多彩な音を響かせあう青春ストーリー。第21回坪田譲治文学賞受賞作。

〈解説・橋本紡〉

読むと前向きな気持ちになれる等身大のガールズストーリー

宮下恵茉『ガール！　ガール！　ガールズ！』

装画：KUJIRA

木内日菜、中学二年生。優等生で可愛いおねえちゃんに比べたら、平凡だけど、学校でもテニス部でも、結構うまくやってきた――はずだったのに。「あいつ」の一言で私の世界はあっけなく崩壊した。途方にくれていたそのとき、奇妙な親子と出会ってしまい……。いくつになってもしんどい〝女子の世界〟をリアルかつユーモラスに描いた青春エンターテイメント！

ポプラ文庫ピュアフル5月の新刊

松尾由美
『フリッツと満月の夜』

夏休みを港町で過ごすことになったカズヤ。月の光と不思議な猫に導かれ、彼が知ることになった秘密とは——? 個性豊かな登場人物が織り成す爽やかなミステリー。

飯田雪子
『きみの呼ぶ声(仮)』

校舎の片隅で、僕はひとりぼっちの幽霊・真帆と出会う。2人の静かな時間は、謎めいた少女・はるかの出現で微妙に変わり始め……せつなさが胸を打つ深い愛の物語。

宗田理
『ぼくらのモンスターハント』

ある日、本好きの摩耶は書店で「モンスター辞典」を見つける。それは次々と町のモンスターたちが現れる不思議な本で……。人気の横浜開港編、第二弾!

都合により変更される場合がございますので、ご了承ください。
★ポプラ文庫ピュアフルは奇数月発売。